욱수동에
살며

욱수동에 살며

발행일	2019년 10월 28일		
지은이	백기언		
펴낸이	손형국		
펴낸곳	(주)북랩		
편집인	선일영	편집	오경진, 강대건, 최예은, 최승헌, 김경무
디자인	이현수, 김민하, 한수희, 김윤주, 허지혜	제작	박기성, 황동현, 구성우, 장홍석
마케팅	김회란, 박진관, 조하라, 장은별		
출판등록	2004. 12. 1(제2012-000051호)		
주소	서울특별시 금천구 가산디지털 1로 168, 우림라이온스밸리 B동 B113~114호, C동 B101호		
홈페이지	www.book.co.kr		
전화번호	(02)2026-5777	팩스	(02)2026-5747

ISBN   979-11-6299-930-1 03810 (종이책)   979-11-6299-931-8 05810 (전자책)

이 도서의 국립중앙도서관 출판예정도서목록(CIP)은 서지정보유통지원시스템 홈페이지(http://seoji.nl.go.kr)와
국가자료공동목록시스템(http://www.nl.go.kr/kolisnet)에서 이용하실 수 있습니다.
(CIP제어번호: 2019042519)

(주)북랩 성공출판의 파트너

북랩 홈페이지와 패밀리 사이트에서 다양한 출판 솔루션을 만나 보세요!

홈페이지 book.co.kr   •   **블로그** blog.naver.com/essaybook   •   **출판문의** book@book.co.kr

일상의 소소한 이야기로 엮은 백기언의 Essay / Column

욱수동에
살며

백기언 지음

북랩 book Lab

저자 백기언

profile

백기언은 경북 경산에서 출생하여 영남고, 건국대를 거쳐 뉴욕주
립대(SUNY, Fort Schuyler)에서 석사 그리고 한국해양대학교에서 경
영학박사 학위를 받았다. 전공 분야는 국제운송경영이며, 퇴직 때
까지 대부분 이 분야에서 일하며 경제활동을 영위하였다.

주요 경력으로는 한진해운, 현대상선에서 항만물류부 과장으로 재
직하였고, 계명대 강사, 대구산업정보대 교수로 재임한 후 다시 기
업으로 발길을 돌려 벤처기업인 (주)씨비엔바이오텍에서 CEO를
지냈다. 이후 마이스터고인 한국항만물류고등학교장으로 재임 후
완전 경제활동에서 물러났다. 2010년도에 치러진 '전국동시지방선
거'에 출마해 멋있게 떨어진 적도 있다.

저자의 인생 목표 중 하나가 부자라 불릴 정도로 돈을 많이 버는
것이었는데 이는 달성이 어려워 보이고 그 밖의 목표에 대해서는
그래도 반쪽의 성공이라 자위하면서, 대구시 욱수동에서 아내와
아들 하나를 두고 행복하게 살아가고 있다.

재임하였던 한국항만물류고 교정에서 저자(2016)

욱수동에 거주하는 가족이 바르셀로나에서(2018)

담양에서 아내와 함께 찍은 사진(2016)

아내와 시장에 가다 찍은 사진(2018)

결혼에 앞서 미리 찍은 사진(2019)

11월에 결혼하는 아들과 신부(2019)

욱수천변 볼거리 & 신매시장 소개

봉암누리길 입구   욱수천변

욱수지 전경   욱수정자와 봉암폭포 전경

신매시장 입구, 시장 전경

목요시장 전경

시장진입로 풍경

✿ 꼭 하고 싶은 말

이 책의 '프롤로그'에서 밝혔듯이 제 아내에게 '꼭 하고 싶은 말'이 있습니다.

지금까지 29년을 같이 살아왔습니다. 짧다면 짧고 길다면 긴 세월입니다. 그동안 같이 살아줘서 고맙게 생각하고 있습니다. 뒤돌아보면 언제 이렇게 많은 시간이 흘러갔는지 모르겠습니다. 결혼 생활을 하는 동안, 아내를 위해 생일이나 결혼기념일 등을 챙겨 본 일이 별로 없는 것 같습니다.

이 책 『욱수동에 살며』를 출간한 목적이 '아내를 위해서'라고 말할 수는 없지만, 그래도 굳이 아니라고 주장하고 싶지도 않습니다. 허나 책의 내용에 아내와 같이 찍은 사진만 올려놓았을 뿐, 직접적으로 아내와 관련된 글이 없어 좀 켕기긴 합니다.

옛말에 '차려진 밥상에 숟가락 하나 더 놓는다'란 어구가 있습니다. 이참에 책을 출간한 목적에 '아내를 위하여'를 추가하고 싶습니다. 그리고 책 출간의 기쁨을 아들과 그의 신부와도 함께 나누고 싶습니다.

요즈음 아내가 처음으로 며느리를 본다는 마음에 몹시 들떠 있는 것 같습니다. 나도 마찬가지입니다. 별것 아니지만, 바로 아래의 글이 꼭 하고 싶은 말입니다.

This book is dedicated to my great wife, Hyun Ju Youn
and my family with love.

백기연 씀

나의 글, 계륵(鷄肋) 모음에 들어가며

지난해 퇴직하였습니다. 굉장히 기뻤습니다. 왜냐고요? 퇴직 후 아침에 일찍 일어날 필요 없죠, 남는 건 시간이요, 지금의 건강만 유지된다면 이보다 더 행복한 나날은 없을 거라 생각하기 때문입니다. 현재로서는 더 이상 경제적인 활동을 하고 싶다는 생각은 없습니다. 아마 바뀔 수는 있겠죠.

어느 날 와이프의 권고에 따라 한 방을 가득 채운 책들이랑, 옷가지, 그리고 각종 신변잡기 등을 정리하다 몇 개의 한글파일을 발견하여 이 책을 만들게 되었습니다. 많은 글이 사라져 안타깝지만, 그래도 남아있는 글이 있어 다행이라 생각합니다. 잘 쓴 글은 아니지만 버리기는 아까운, 그야말로 계륵인데도 불구하고 책으로 출간하게 된 이유는 현재 나에게 주어진 시간이 많은 덕분이라고 생각합니다.

전공 관련 서적들은 많이 공부하고 읽고 출간도 해 보았지만 이외의 책들은 상대적으로 많이 읽지 않았고 이 책과 같은 에세이류의 출간은 처음입니다. 여기에 실린 글들은 오래전 대학 강의할 때 일간지나 저널에 기고한 칼럼이 주가 되고, 이후 사회활동에 따른 생활문, 그리고 퇴직하기 직전에 몸담았던 마이스터고 교장직을 수행하면서 행한 여러 훈화나 연설문 등의 모음입니다.

이 책을 출간하기 위하여 최근 새로이 글을 써보니 정말 잘 쓰이지 않습니다. 퇴직 후 많은 시간이 지나지 않았지만 일할 때보다 정신적·육체적인 활동이 빠르게 퇴보함을 느낍니다. 그래서 글도 잘 쓰이지 않나 봅니다. 졸작이 될 것 같아 마음이 쓰이나 출간되면 저를 아시는 분들에게 선물로 한 권씩 나눠 드리려고 합니다.

이 책은 4부로 구성되어 있으며 제1부에서는 퇴임 후 나의 생활환경에 대한 소회나 단상을, 제2부에서는 대구산업정보대학 재직 시 일간지에 투고한 신문칼럼을 편집하여 수록하였으며, 제3부에서는 사회활동 중에서 자료로 남아있거나, 매스컴에 소개된 마이스터고 관련 뉴스를 클리핑해 편집하였습니다. 마지막으로 제4부에서는 한국항만물류고등학교 교장으로 재직 시 입학식, 졸업식, 체육대회 및 해외 자매학교 교류행사 등에서 학생들에게 행했던 훈화 및 연설문 등을 담았습니다.

외국 사람들은 자신들이 저술한 책이나 제작한 기념물 등 인생에 있어 업적이 될 만한 대상의 머리글에 꼭 '누구에게 바침'이란 말을, 심지어 학위논문 표제에까지도 쓰더라고요. 그래서 저도 따라 해본 기억이 있습니다. 이 책도 글머리에 "나의 아내 윤현주에 바침"이라 쓰고 마누라에게 술 한잔 얻어먹고 싶습니다.

이 글을 작성하고 고개를 드니 거실에 있는 연합뉴스 TV에서 "일본이 한국을 수출 우대국가 명단인 '화이트리스트'에서 배제하는 '수출 무역 관리령' 개정안을 의결한다."라는 스가 요시히데 관방장관의 브리핑 화면이 보입니다. 한국과 일본은 정말 가깝고도 먼 나라임을 느낍니다. 어떻게 하면 가깝고도 가까운 나라가 될까요? '우리나라가 남미나 아프리카 지역에 위치해 있다면 일본, 중국과도 사이가 좋고 어느 정도 강대국으로 국제사회에서 인정받는 나라가 되지 않았을까?'라고 상상해 봅니다.

글의 방향이 틀어졌네요. 다시 돌아와, 책이 출간되어 이 책을 선물 받은 분들이 단 한 페이지라도 읽어주시면 그것으로 만족하고 싶습니다. 존경하는 독자 여러분! 꼭 한 페이지라도 읽어 주시기 바랍니다.

고백할 게 있습니다. 속전속결로 책 쓰던 중, 거의 10일간(매일 아침 9시부터 오후 6시까지) 글 쓰고, 정리하고, 편집한 분량을 실수로 몽땅 날려먹었습니다. 컴퓨터 던져버리고(실제로 던지지는 않았음), 그리고 책 쓰는 것 포기하려고 했습니다.

하지만 다시 컴퓨터 앞에 앉았습니다. 책을 내고 싶은데… 분량이 적어 걱정입니다. 9월 말까지 열심히 작업해 마무리하고 10월 중에 출간할 예정입니다.

2019년 8월 2일

수성구 욱수동에서 저자 백기언

제1부   생활 단상 모음

제2부 일간지 칼럼 모음

제3부　클리핑(clipping) 모음

제3부에 대하여　180

제4부 학교장의 미셀러니(Miscellany) 모음

제1부

생활 단상 모음

제1부에 대하여

제1부에서는 2019년 8월의 더운 여름날에 저자가 가정이나 사회에서 느꼈던 감상을 생각나는 대로 적은 이야기로 구성하였습니다. 개인의 사고방식은 생활 환경의 변화에 따라 영향을 받기도 하나, 나이에 따라 더 크게 영향을 받는 것 같습니다. 젊을 때 중요하게 생각한 신념이나 이상이 지금은 약화되거나 사라졌습니다. 과거에 별로 개의치 않았던 사소한 일들이 지금에 와서는 매우 중요한 인생의 주제가 되었습니다.

따라서 생활을 지배하는 저의 사고방식도 많이 변했습니다. 사는 곳이 편한지 고민하고, 자식 결혼에 신경 쓰고, 아내에 대해 더 생각하고… 제가 전과는 다른 소심한 쫌생이가 되어가는 것은 아닌지 모르겠습니다. 글도 쫌생이란 주제에 대해서 쓰는 것 같습니다.

이 책에 담긴 에세이 형식의 글들은 재미나 교훈이 있어야 하는데, 제가 쓴 글은 그렇지 않은 것 같습니다. 재미있는 소재도 잘 떠오르지 않고, 또 깊이 있는 글쓰기도 잘 되지 않아 고민이 됩니다. 그야말로 제1부는 재미없이 쓴, 고민과 생각만 많이 한 글 모음입니다.

옥수동에 살며

욱수동에 살며

　　'욱수동', 정확히 말하면 대구시 수성구 행정동인 고산 1동에 속하는 지역으로 경산과 맞닿아 있다. 만촌동에 살다가 아들이 초등학교 6학년 때 이곳으로 이사를 왔으니 벌써 16년이 흘러갔다. 그동안 직업상의 이유로 거의 6~7년은 주말 부부로 지냈으니 이곳에서 그렇게 오래 산 느낌은 들지 않는다.

　　우리나라가 산업화되기 이전에는 한평생을 한 지역에서 보내는 사람이 많았지만, 1970년대부터 아파트 거주가 점차 늘어남에 따라 사람들의 이사 빈도가 높아졌다. 아마도 경제적인 요인이나 자식 교육을 위해 많이 이사하는 것이 아닐까 생각된다.

　　나도 태어나 지금까지 8번 정도 이사를 했는데, 지난해 퇴직한 후 더 이상 이사할 이유가 없어 욱수동에 계속 살고 있다. 이미 욱수동 생활에 익숙해져 여러모로 살기 편하기 때문일 것이다. 타지역에 살고 있는 지인들에게 물어보면 모두 자기 동네가 살기 편하다고 말한다. 실제 '자연인'이란 TV 프로그램에 출연하는 주인공조차 자기가 사는 산골이 제일 살기 편하다고 말하는 것을 본 적이 있다.

　　욱수동은 생활을 영위하기 위한 기본 인프라, 즉 쇼핑, 교통, 교육, 문화시설 등은 여타 지역과 비슷하다. 그런데 다른 동네와 비교해 자랑할 만한 자산이 몇 개 있다. 바로 욱수골을 따라 형성된 욱수천이다. 시간 날 때마다 욱수천변을 산책하는데 물소리며 산새 소리, 계절에 따라 피어나는 각종 꽃이 어우러져 절경이 따로 없다.

몇 년 전부터 욱수천은 물고기가 살고, 황새나 오리 등의 철새들도 즐겨 찾는 하천이 되었다. 한가지 내가 안타까운 것은, 오리가 물고기를 너무 많이 잡아먹어 물고기가 노니는 모습을 볼 수 없는 경우가 많다는 것이다.

다른 하나는 집에서 0.5㎞ 떨어진 '신매시장'이다. 요즈음 재래 시장이 명맥을 유지하지 못하고 사라지는 모습을 자주 보게 된다. 그러나 신매시장은 매우 활성화된 상설시장이자 장시(場市)다. 특히 목요일에 개장하는 '목요시장'은 매우 붐벼 인근 도로에까지 상인으로 넘쳐난다. 이때는 일반 상인뿐만 아니라 근교에서 농사를 짓는 농민들까지 직접 재배한 농산물을 판매한다. 나도 매주 목요일에는 구경도 할 겸 아내와 함께 시장을 찾는다.

욱수골에서 내가 즐겨 가는 산책 구간은 덕원고등학교에서 봉암사에 이르는 약 4㎞의 욱수천 옆 산길을 품은 '봉암누리 길' 구간이다. 갈대가 우거진 구역을 지나가다 보면 암벽 오르기를 연습할 수 있는 나지막한 바위가 보이고, 중간쯤에 '욱수지'라는 꽤 큰 호수가 있는데 호수 가장자리에 1/3 정도가 물에 잠겨 있는 '큰 둥근 바위'가 압권이다. 이 호수를 바라보면 온갖 상념에 잠긴 영혼이 맑아지는 느낌을 갖는다. 언급된 '큰 둥근 바위'는 아직 이름이 없는 것 같다. 이 글을 읽는 독자분들께서 멋있는 이름 하나 지어주시길….

호수 옆에는 정자가 있는데 여기서 와이프랑 동네 빵집의 커피와 샌드위치로 가끔 아침 식사를 하기도 한다. 봉암사 인근 봉암폭포 옆에는 또 다른 정자가 있는데, 이 정자에서 바라보는 풍경도 그만이다. 각설하고, 동네 빵집은 원래 5,500원인 샌드위치를 아침 9시 이전에 구입하면 5,000원으로 할인해주며, 여기에 큰 종이컵에 든 아메리카노 한 잔을 공짜로 준다.

산책길에는 몇 개의 음식점이 있다. 덕원고 뒤편에 '욱수할매집'을 포함해 3~4개가 몰려 있고, 봉암사로 올라가면서 '팔팔옻닭' 등 두 집이 더 보인다. 그다음은 '대나무집'이, 약 3㎞ 더 올라가면 '언덕 위의 집'이 영업 중이다. 나는 '욱수할매집'에 가끔 가는데, 그 집에서 만든 두부 무침에 막걸리를 한잔 곁들이면 그만이다.

시골 한적한 곳으로 귀촌도 생각해보았으나 용기가 나지 않는다. 아내는 살고 싶은 곳이 있으면 그곳에서 미리 몇 달 살아보라고 한다. 그 후 선택하라는 말일 것이다. 좋은 생각이다. 한때 미국을 포함해 몇 개국에서 수년을, 제주도에 1달 넘게 살아본 적이 있다. 이제는 동남아에서 살고 싶다. 그러나 편안한 욱수동 살기는 한동안 지속될 것이고 나의 삶의 중심이 될 것이다.

아들의 결혼

　　나에게는 아들이 하나 있다. 작년 말(2018)에 아들이 넌지시 결혼을 하고 싶다고 알려 왔다. 처음에 대수롭지 않게 듣고 별 반응을 보이지 않았다. 왜냐하면 오래전에 "결혼은 최소한 레지던트 과정을 끝내고 하는 게 어떻겠냐."고 암시하였고, 이제 레지던트 1년 차이며, 요즈음 결혼 트렌드(2018년, 통계청 인구 동향조사에 의하면 평균 초혼 연령이 남자 33.15세, 여자 30.40세임)에 비추어도 빠르게 한다고 판단하였기 때문이다. 그때는 자식의 결혼은 먼 나라 이야기처럼 들렸다.

　　그러나 솔직히 말하면 부모로서 자식을 어떻게 결혼시켜야 할지 몰랐고, 나의 경제력에 대한 신뢰가 없었으며, 옆에서 봐온 아들이 결혼 생활을 잘할 수 있을까 하는 의문이 들었다고 하는 편이 더 타당한 이유였던 것 같다.

　　생각해보면, 내 또래 주변 지인의 자식들은 대부분 결혼을 했다. 그러나 내가 결혼을 늦게 했으니 당연히 자식의 결혼도 남보다 늦을 수밖에 없다고 생각하고 있던 터였다. 아들이 일찍 결혼한다니…. 어떻게 해석해야 할까? 내가 볼 땐 아직도 어린데…. 걱정도 되지만, 한편으로 현명하게 사회를 바라보는 눈이 있어 그렇게 걱정만 되는 것은 또 아니었다.

　　언제라도 해야 한다면 결혼시키자! 한동안 아들 결혼에 대해서 고민하다 2019년 초에 본격적으로 아내와 함께 '결혼에 대한 작은 연구(?)'에 착수했고 의외로 복잡하지 않은 이벤트임을 파악했다. 이 연구는 오래 걸리지 않았으며, 첫 번째 절차로 '아들의 신부'를 보는 것으로 진행해 드디어 올해 초에 집으로 초대했다.

우리와의 인사도 필요했지만, 아들과 결혼할 의지가 있는지를 알고 싶었다. 첫 만남에서 매우 참한 친구이며 아들의 좋은 신부가 될 것이란 생각이 들었다. 이날 두 번째 절차인 양가 부모님의 상견례가 성사될 수 있도록 조율하였다.

상견례는 아들이 휴가를 낼 수 있는 시기로 결정해 3월에 이루어졌다. 신부 부모님과 무난한 만남이 끝나고 결혼 날짜는 식장의 사정에 따라 11월로 결정했다. 요즘은 외국처럼 자식들의 결혼에 부모들이 관여해야 할 일이 거의 없다. 자식들이 알아서 잘하고 있고, 부모들의 관여가 때로는 작은 부담으로 작용할 수 있기 때문이다.

막상 아들을 결혼시키려니 결혼 문화에 대한 사회적인 인식도 많이 바뀐 것 같아 생각보다 한결 마음이 가볍다. 결국 결혼 문화란 부모 세대와 자식 세대 간의 합리적인 조율에 의해 만들어진다고 생각한다. 최근 결혼 트랜드가 저비용 추구, 단순한 절차 수용 등 바람직한 방향으로 나아가고 있지만, 아직도 개선해야 할 몇몇 과제가 부모 세대에 남아 있다고 생각한다.

나는 인생이란 '수많은 의사결정을 해야 하는 것, 혹은 그 의사결정을 하는 과정'이라 생각한다. 지금까지 아들이 성장하는 과정에서 수많은 의사결정을 하였다. 쉽게 내린 경우도 있고 많은 고민을 한 의사결정도 있었다. 물론, 그 모두가 좋은 의사결정은 아니었을 것이다.

　결혼은 개인의 인생에서 큰 전환기로 여겨진다. 오죽하면 "결혼해야 어른이 된다."라는 말이 있을까? 결혼하면 아들은 자신의 인생을 위한 의사결정을 스스로 할 것이다. 부모가 자식을 위한 의사결정에 작게 관여할수록, 아니 관여하지 않을 때 부모의 인생이 행복하지 않을까? 여기에다 자식의 결혼으로 새로운 가족이 생긴다는 것은 또 다른 행복일 것이다.

'세상과의 단절'을 꿈꾸며

모든 경제 활동을 접은 후, 마음속으로 한 가지 다짐을 했다. 앞으로 세상 사람들과 부대끼지 않고 살아가자. 세상의 모든 흐름에서 벗어나고 '문명의 이기'에서도 멀어지자. TV, 신문도 보지 않고 각종 정보통신이나 SNS, 스마트폰도 이용하지 말자(나는 오래전부터 SNS는 사용하지 않았다)는 다짐이다.

이 다짐을 실천하면, 어느 정도 '세상과의 단절'이 이루어진다. 내게 무슨 삶의 철학이나 특별한 이유가 있어서가 아니라, 그저 복잡한 세상과 일정한 거리를 두고 싶어 생각한 것이다. 차라리 '속세로부터의 은둔'이란 표현이 더 적절할 수도 있겠다. 그러나 일본형 '히키코모리'는 아니다.

보통 세상과의 단절을 하는 이유로는 크게는 종교적 목적이나 특별한 신념에 의해, 세상살이 중 정치적, 경제적, 문화적 충격에 의해, 이 보 전진을 위한 일 보 후퇴를 위해, 작게는 외모나 정신적인 콤플렉스 등에 기인한다.

하지만 내가 꿈꾸는 '세상과의 단절'은 위의 이유와는 거리가 멀다. 어쩌면, 아니 나는 아주 평범하고 표준적인 삶을 살아온 사람이다. 그런데도 불구하고 굳이 세상과의 단절을 꿈꿀까? 교장으로 퇴직 후 모 공기업 임원공모에 떨어진 실망감(사실 제일 좋은 점수를 받았다고 생각했는데…)으로 인해 이 세상에 만연한 힘든 경쟁으로부터 탈출하고 싶었던 것은 아닐까?

오늘도 TV를 보았다. 자주 보지는 않지만 '연예의 맛'이란 프로는 꼭 보려고 노력한다. 재미있는 프로그램이다. 그런데 멀쩡한 TV를 세상과 단절한다고 버릴 수도 없고…. 스마트폰은 물론 컴퓨터도 책 쓰느라 버릴 수도 없고…. 버스를 기다리다 보면, 자가 소유차가 꼭 필요하다는 생각을 더 하게 되고…. 신문은 "1년을 구독하면 6개월이 무료!"라는 신문사 마케팅(Buy One, Get One Free 포함)에 현혹되어 매일 받아보고 있다.

사람과의 만남도 퇴직 후 많이 줄었지만 가까이 지내는 친구까지 세상과의 단절을 이유로 멀리할 필요는 없지 않은가? 며칠 전 몽골을 다녀왔는데, 몽골 평원으로 이사 가면 자연스럽게 내가 꿈꾸는 세상과의 단절이 이루어지겠지만, 그럴 능력도 마음의 준비도 안 되어 있다.

나에게 세상과의 단절이란 사실 실행하기 어려운 과제이다. 혼자 산다면 몰라도 주위에 가족들이 있고, 아직까지는 일정 부분 사회와의 관계를 유지해야 할 필요성이 있다고 생각한다. 세상과의 단절을 위해 스마트폰만 사용하지 않으면 세상과 90% 이상 단절될 것이다.

이 글을 쓰고 있는 동안, 내가 꿈꾸는 '세상과의 단절'이 가까운 시일 내에는 힘들다 해도 내년까지는 세상과 소통하는 도구를 모두 버리려 한다. 단, 스마트폰의 통화기능만큼은 사용하고 싶다. 아직은 나의 사랑하는 사람들이 존재하기에….

한국경제의
'잃어버린 20년' 진입 우려

지금의 대한민국이 '잃어버린 20년'에 진입한 1990년대 일본의 경제불황과 비슷한 추세에 놓여있다고 말한다. 경제성장률의 지속적인 저하(일본; 1990년 4.5%→현재 1% 내외, 한국; 2005년 5%→ 현재 2% 내외), 급속한 고령화, 마이너스 물가 상승률, 수출 감소, 그리고 자산 버블 등의 요인이 이를 말해준다.

한국은 일본과 달리 고령화 속도가 빠를 뿐만 아니라 급격한 임금 상승률, 정치의 불안정, 노조 문제, 그리고 잘못된 경제 운용 등 일본식 장기불황을 가속할 요인을 더 가지고 있다.

일본의 '잃어버린 20년'은 순전히 외부요인에 의해 발생된 면이 있다. 외부요인은 '플라자 합의'로 1985년 일본 엔화와 독일 마르크화의 평가 절상을 유도하여 달러 강세 현상을 시정하기 위한 G5 국가의 외환시장 개입을 말한다.

이후 엔고로 인한 무역적자 누적, 자산 버블 현상 등이 발생하여 일본에 20년의 불황을 초래했다. 1980년대에 미국을 넘봤던 일본, 미국의 경영, 경제 도서에 일본 경제가 언급되지 않은 내용의 책이 없을 정도로 강력했던 일본 경제는 플라자 합의 이후 불황의 늪에 빠졌다.

한국은 외부적 요인보다는 내부적 요인 때문에 일본의 '잃어버린 20년'과 같은 경제 불황을 맞이할 수 있다. 지금이라도 경제구조를 바꾸거나 체질을 변화시켜 일본이 겪었던 전철을 밟지 않아야 한다. 현재 우리나라 경제구조는 '한국경제의 잃어버린 20년'을 초래할 본격적인 시발점이 될 수 있다.

문재인 정부가 출범(2017년 5월 10일) 후 내세운 경제 기조가 '소득주도성장'이다. 이는 과거 대기업 중심의 경제 패러다임에서 벗어나 사람 중심, 중소기업 중심으로 경제·사회 정책을 변화시켜 경제민주화를 바탕으로 '공정경제'를 실현하고자 하는 것이라고 발표하였다.

덧붙여 설명한다면 '소득주도성장론'은 근로자와 서민 가계의 가처분소득과 구매력을 대폭 끌어올려 현재 수출 대기업에 지나치게 의존하고 있는 한국의 경제구조를 가계 중심, 근로소득자 중심으로 전환시켜 분배정책을 강화해 내수 경제를 발전시키고 새로운 성장 동력으로 삼는다는 유사 경제이론이다.

그러나 정부 출범 5개월도 되지 않아 실물경제지표의 하락, 대외경제 여건 악화, 실업증가 등으로 실질적 경제효과가 나타나지 않아 소득주도성장에 회의를 제기하는 일부 정치권과 보수 경제학자들의 지적이 잇따르자 갑자기 소득주도성장, 공정경제에 이어 '혁신성장'을 내놓았다.

소득주도성장에 제동이 걸리자 세금으로 공공 일자리를 만들고 노동자 임금을 올려 성장과 분배를 이루자는 것에서 추가로 혁신성장인 기업혁신과 벤처창업 활성화, 규제개혁 등을 통해 경제를 성장시키는 전략을 추가한 것이다.

　이같은 경제 정책을 이끈 수장은 정부 출범 이후 1년 6개월여 동안 '복지' 기반의 소득주도성장 및 공정경제를 이끈 장하성 정책실장과 '성장' 기반의 혁신성장을 견인해온 김동연 부총리였다. 이 두 사람은 상극의 경제기조를 두고 상당한 불협화음을 노출하였다.

　소득주도성장, 공정경제는 정부 기관이나 단체가 경제 운용에 관여하는 구조이고, 혁신성장은 자유경제체하의 기업 중심 경제 운용방식이다. 기업의 경제 활동을 규제하려는 정부가 혁신성장을 추구한다는 것 자체가 앞뒤가 맞지 않는 모순이다.

　현재의 어려운 경제 상황을 극복하는 방법은 소득주도, 복지주도 성장에서 혁신성장으로 무게중심을 옮기는 것이다. 문 대통령은 "소득주도 성장이 수요 측면에서 성장을 이끄는 전략이라면, 공급 측면에서 성장을 이끄는 전략이 혁신성장이라고 판단한다."라고 말했다. 그러나 이 말은 듣기에는 그럴듯하지만 실행 가능한 말이 아니다. 소득주도 성장을 폐기해야만 혁신성장이 가능하며, 더구나 정부가 혁신성장의 주체가 되어서는 안 된다.

　다행히 정부는 올해 9월에 혁신성장 정책 수립을 주도하는 주체를 정부에서 연구기관, 기업, 지자체로 이동시킨다고 발표했다. 이는 정부 주도 혁신성장 과정에서 기업을 비롯한 민간 수요와 정책 간 불일치 현상 등 부작용이 나타나자 정부는 점차 뒤로 빠지고 연구기관·기업·지자체 등이 참여하는 네트워크를 구축하기로 한 것이다. 혁신성장 정책만이라도 정부가 모든 것을 결정하는 '톱다운(Top-down)'이 아닌 실질적인 정책 수요자가 주도하는 '바텀업(bottom-up)' 방식으로 만들어보자는 정책인 셈이다. 즉 정부의 개입을 최소화하겠다는 의지인 것이다.

현재 한국 경제를 진단한다면 저성장, 저물가, 저소비로 요약할 수 있다. 이런 경제 현상이 한국 경제의 '뉴노멀(New Normal)'로 자리 잡아서는 안 된다. '한국경제연구원'은 올해 우리의 경제성장률을 1.9%로 발표하였다. 이는 타 경제 관련 기관보다 낮은 수치로 3개월 전보다 0.3% 포인트 낮은 수치다.

KDI도 '9월 경제동향'에서 최근 "우리 경제는 대·내외 수요가 위축되며 전반적으로 부진한 모습을 보이고 있다."라고 하면서 "소매 판매와 설비 및 건설 투자가 모두 감소한 가운데 수출 부진도 지속되고 있다."라고 하였다.

한편, 소비자물가 상승률은 수요 위축에 공급 측 기저효과(Base effect)가 더해지며 물가가 하락했다고 보고 있다. 정부의 공급확대로 인한 문제가 아니라 수요의 위축에 있다고 본 것이다. 임금 상승에 의한 소득주도 성장이 제대로 작동하지 못하고 있음을 시사하고 있다.

한국경제를 살릴 수 있는 길은 앞에서 언급한 소득주도성장을 폐기하고 혁신성장을 전면에 내세우는 것이다. 정부는 혁신성장을 4차 산업혁명을 주도하는 산업, 즉 데이터, 수소 경제, AI, 바이오 헬스, 핀테크 등의 산업을 발전시키는 데 주력하고 있는 듯하다.

그러나 혁신성장은 신산업을 발전시키는 것도 중요하지만 운용방식은 정부가 아닌 민간주도의 자유경제 시스템을 적용하여 기업이 혁신성장을 이끌어가는 것을 기본 원리로 삼아야 한다. 혁신성장이 소득주도성장에 가려지면 한국경제는 일본의 '잃어버린 20년'의 불황에 빠질 수 있다.

한진해운의 추억

나는 ㈜한진해운에 수년간 근무한 적이 있다. 그런데 이 회사가 2016년 9월 경기 불황에 의한 경영악화로 법정관리에 들어갔으며, 2017년 2월 17일 법원으로부터 파산선고를 받아 창립 40년 만에 역사 속으로 사라졌다. 이 얼마나 안타까운 일인가? 나뿐만 아니라 해운 관련 업종에 종사하거나 했던 사람은 모두가 같은 심정일 것이다.

한진해운의 주력 사업은 컨테이너 운송, 벌크 운송 및 컨테이너 터미널 운영 사업이었다. 북미, 유럽, 대서양 등 세계 3대 기간 항로를 포함하여 전 세계를 대상으로 컨테이너선 및 벌크선 운송 사업을 수행하였다.

㈜한진해운은 1977년 5월에 설립되었고 1988년에 '대한해운공사'로부터 사명을 바꾼 ㈜대한상선과 합병하면서 지금은 없어진 ㈜한진해운으로 재출범했다. '알파라이너(Alphaliner)'에 의하면 2012년 한진해운은 세계 9번째로 큰 컨테이너 선사로, 총 102척의 선박을 보유하여 전 세계 선단의 3.2%를 점하고 있었다.

한진해운은 2008년이 고(故) 조수호 회장의 부인인 최은영이 대표이사로 취임했는데 이때부터 조 회장의 동생인 조양호 회장과의 갈등이 시작되었고 최은영 대표이사의 경영 미숙이 서서히 부각되기 시작했다. 게다가 해운 경기도 리먼브라더스 파산에서 시작된 글로벌 금융 위기로 인해 급격히 나빠지기 시작했으며, 2008년부터 지속된 고유가도 해운의 경쟁력을 위협하였다.

결국 2014년, 최은영 대표이사는 한진해운에서 사퇴했으나 퇴직금을 챙기고, 여전히 '한진해운홀딩스'의 경영권을 가져 많은 사회적 지탄을 받은 바 있다. 게다가 한진해운이 자율협약을 신청하기 직전에 한진해운 지분을 모두 매도하여 미공개 정보를 이용했다는 혐의도 받고 있었다.

그럼 왜 한진해운은 파산했을까? 일반적으로는 "한진해운 사태가 경영진 경영 미숙과 정부의 대응 미숙 등이 결합돼 발생했다."라고 보고 있다. 해운 전문성이 없는 경영진이 선박 투자에 실패하면서 위기가 시작됐고, 정부도 해운산업 특성을 고려하지 않고 파산을 결정해 국가 경제에 큰 타격을 입혔다고 보고 있다.

가장 큰 원인은 과거 정부가 해운업에 대한 이해 없이 해운선사까지도 부채 비율 200%를 강제로 적용하면서 선사들이 선박을 매각하고 다시 높은 가격으로 용선하게 한 것이다.

한진해운 파산은 정부의 중대한 실수였다. 이 여파로 40년간 축적된 해운물류 네트워크가 와해되고, 글로벌 영업망·서비스망이 붕괴되었으며, 해외터미널 자산 매각 등으로 대량의 실직자 및 물류대란이 발생해 국가 경제에 막대한 피해를 입혔다.

해운업은 '단기 호황과 장기 불황이 반복되는 산업'이며, '금융, 법률, 보험, 유통, 물류, 제조, IT 등의 융합산업'이므로 단시간 내에 한진해운 같은 기업을 키우는 것은 불가능하다. '차라리 정부가 여론이나 감정을 배제하고 현대상선을 한진해운에 흡수시켜 약간의 지원을 하였더라면 아직 한진해운이 건재할 텐데…'라는 개인적인 아쉬움이 남는다. 나는 현대상선에도 근무하였지만 한진해운이 더 역량 있는 기업이라 생각한다.

한진해운 재직 시에 뉴저지 엘리자베스 항만, 씨랜드(Sea-Land) 터미널에서 씨랜드 직원들과 한 건물에서 근무했는데, 참으로 즐겁게 회사 생활을 한 기억이 난다. 선석에 한진해운 컨테이너 선박이 입항하면 유일하게 한식을 먹을 수 있는 선박 식당(?)으로 가곤 했다. 이 식당에서는 김치를 곁들인 맛있는 삼겹살을 먹을 수 있었다.

가끔 그때 같이 근무한 동료들은 지금 무엇을 하는지 궁금하다. 그때 노래 잘하고 춤 잘 추는 이탈리아계 매니저인 칼마인(Carmine)이 생각난다. 벌써 퇴직하고 집이 있는 스태튼 아일랜드에서 편히 여생을 보내고 있는 모습을 상상해본다.

이해하기 힘든 장면들

　살아가다 보면 '이해하기 힘든 장면'을 많이 본다. 이 것은 정치, 경제, 사회, 문화 등 다방면에서 나타난다. 내게 이해하기 힘든 장면이 다른 사람에게는 그렇게 보이지 않을 수도 있고, 한국에서 보기 싫은 장면이 외국에서는 또 그렇게 보이지 않을 수 있다.

　이 글에서는 우리나라 기준에서, 그리고 지극히 나의 관점에서 느낀 이해하기 힘든 장면을 생각나는 대로 적어보고자 한다. 우선 정치·경제면을 살펴보자.

　북한 얘기를 먼저 언급하지 않을 수 없다. 같은 민족인데도 불구하고 이렇게 다른가하고 느낄 때가 많다. 물론 북한 주민이야 무슨 잘못이 있겠는가? 그저 도와주고 싶고 지금의 어려운 상황이 빨리 극복되기만을 바랄 뿐이다.

　도대체 북한 인권은 어디에 있는지. 문제는 북한을 움직이는 리더 집단에 있다.

　북한이 정상적인 국가인가? 중국과 이웃하지 않았더라면 벌써 지구상에서 사라지고 남북이 통일되었을 것이다. 지금 어디 '종북 좌파'라는 말이 나오겠는가?

　요즈음 조국의 법무부 장관 임용을 둘러싸고 국가가 온통 혼란에 빠져 있다. 조 후보자의 궤변을 듣고 있자니 후보자가 불쌍해 보이기까지 한다. 국민의 수준을 뭘로 보는지? 조 후보자가 장관으로 임용이 된다면 상식선에서 바라봐도 우리나라는 정상 국가가 아니다. "그 나라 정치 수준은 그 나라 국민의 의식 수준과 같다."라는 말이 틀리기를 바란다.

2020년 정부가 확정한 513조 원 규모의 새해 예산안에서 보건·복지·고용 예산이 차지하는 비중은 35.4%(181조6000억 원)로 역대 최고치다. 올해에 비해 20조 6,000억이 증가하여 12.8%나 늘어났다. 내년에 중앙과 지방정부가 갚아야 할 국가 채무는 사상 처음으로 805조 5000억 원으로 상승하였다. 재정 건전성에 빨간불이 켜진 셈이다. 우리나라가 선진국도 아닌데 복지 분야에 너무 큰 비중을 두고 있는 것 같다.

노인 일자리에 "10분 일하고 3시간 수당 받는 부당수급"이 우려되고, 청년실업 수당이 과분하게 지급되고, 인터넷에 실업급여를 받을 수 있는 방법 등이 난무하는 게 정상적인가? 국가가 국민에게 필요한 복지혜택을 제공하는 것은 필요하다. 그러나 국가의 능력을 넘어선 복지혜택은 국민의 노동 의욕을 떨어뜨리고 자녀 세대의 부담만 늘릴 뿐이다. 아르헨티나, 베네수엘라와 그리스는 좋은 사례이다.

문화면에서도 이해하기 힘든 장면들이 있다. 우리나라는 세계에서 제일 학력이 높은 국가이다. 최근 대학 진학율이 크게 떨어졌으나 아직도 69%나 된다. 대학 교육까지 받은 국민이 많은데 공공질서는 후진국 수준이다. 환경미화원의 손길이 미치지 않는 곳은 쓰레기로 넘쳐난다. 학생도 어른도 마구 쓰레기를 버리는 데 익숙하나 떨어진 담배꽁초나 쓰레기는 보고도 줍지 않는다.

도로나 골목길의 차량 주차는 자기들 멋대로다. 다른 사람의 불편은 안중에도 없다. 에스컬레이트를 탈 때도 우측에 서야 한다. 그래야 바쁜 사람이 좌측으로 걸어갈 수 있기 때문이다. 몰지각한 사람은 항상 중간에 선다.

문을 출입할 때도 뒷사람을 위해 문을 잡아주는 사람이 드물다. 열린 문을 잡지 않으면 문이 갑자기 닫혀 뒷사람이 부딪칠 위험이 있다. 아직도 지하철에서 자기 집 안방마냥 큰소리로 휴대폰 통화를 하는 사람들이 있다.

선진국에 가면 이런 문화는 상식에 속하는 행동이라 다들 잘 지킨다. 내가 일본을 방문할 때마다 부러운 게 있다. 사람들이 공중도덕을 잘 지킨다는 것이다. 얄미울 만큼 행동에 절제가 있고 깔끔하다. 일본이 미워도 이런 것은 배워야 하지 않을까? 지금까지 언급한 내용이 나에게만 이해하기 힘든 장면들일까?

왜 항상 정직이
최선의 정책인가?

　　　　요즈음 지구촌이 혼란스럽다. 우리 대한민국은 더더욱 혼란스럽다. 나이 탓일까? 살아오면서 이번만큼 나라를 걱정한 적이 없는 것 같다.

　　일전에 내 친구가 세상 돌아가는 얘기를 하다가 국정의 혼란을 "(감히) 삼류 위정자들이 일류 국민들을 대상으로 저질러놓은 짓"으로 설명했다. 그럼 일류 국민들이 삼류 위정자들을 뽑았단 말인가? 아니다! 나는 그 친구가 삼류 위정자는 범 좌파계열의 정치인들을 일컫고, 일류 국민이란 삼류 위정자에게 한 표를 행사하지 않은 국민들을 지칭한다고 해석한다.

　　국제적으로는 많은 혼란이 있어 왔지만, 요즈음은 전과 같지 않은 양상이다. 1980년대 말 "100년간 '도광양회(韜光養晦)'의 기조를 유지하라."라는 등소평(鄧小平)이 주창한 중국의 외교·경제 정책이 시진핑에 의해 너무 일찍 가시화되어 국제적인 분쟁으로 비화하고 있는 것이 과거와 다른 점이다.

　　미·중 무역 마찰이 그 대표적이다. 미국이 중국의 경제, 기술, 군사 패권에 위협을 느끼기 시작했다는 신호이다. 이 밖에도 러시아의 중동 군사개입, 베네수엘라 난민 사태, 멕시코 국경 불법 이민 문제 등 지구상의 불협화음은 끝이 없이 일어나고 있다.

국내적으로는 국가가 총체적 난국에 처해 있다. 정치, 외교, 경제, 국방, 노동, 교육, 그리고 북핵 분야 등 모든 분야의 국가 시스템이 파국을 향해 질주 중이다. 정부의 사법권 남용, 언론 자유 침해(차라리 '정의롭지 못한 언론인의 폐단'이 적절한 표현임) 그리고 정치권의 도덕적 해이가 도를 넘었다.

현 정부는 세계 어느 국가로부터도 배제되는 고립무원의 상태다. 어떻게 해야 이 난국을 수습할 수 있을까? 수습할 마땅한 방안이 없어 보인다. 현재로서는 국민만이 국가를 이 지경으로 빠뜨린 원인의 규명과 이에 따른 빠른 해결을 모색할 수 있다고 본다.

여기에서는 독자분들이 더 잘 알고 계시는 난국 발생의 다양한 원인 및 해결책을 제시하기보다는 '한국적 문화와 민족성'이라는 관점에서 이 난국을 조망해 보고자 한다. 한국적 문화와 민족성을 거론하는 것은 '국민의 정직성(正直性)'을 언급하기 위함이다. 여기서 국민의 정직성은 현 국가 난국과 깊은 상관관계가 있다고 믿기 때문이다.

누구나 알고 있는 정직의 의미를 다시 살펴보자. 정직의 사전적 의미는 '마음에 거짓이나 꾸밈이 없이 바르고 곧음'이며, '솔직함', '진실'이 유의어이다. 영어로는 'Honesty'로 '훔치거나 속이거나 거짓말하지 않으며, 진실되며 믿을 수 있는 상태'를 뜻한다.

정직은 가정, 사회, 그리고 국가체계를 유지하기 위해 개개인이 지녀야 할 가장 기본적인 도덕적 덕목이다. 그래서 벤자민 플랭클린은 "정직은 최고의 정책이다."라고까지 말하였다. 정직은 진실을 바탕으로 하고 있어 인간관계를 활성화시키며, 정직한 국민은 국가의 발전에 기여하고, 정직한 지도자는 국가를 번영하게 하고 국민을 행복하게 하는 것이다.

나는 우리나라 국민의 민족성이나 사고방식에서 정직성이 상당히 결여되어 있다고 생각한다. 이는 우리 국민이 정직하지 않음을 뜻하는 것은 아니다. 다만 정직이 요구되지 않거나 이를 무시하고 살아도 별 제재가 없는 환경에서 살아오지 않았나 생각한다.

정직하게 살면 외톨이가 되며, 적당한 반칙을 동반한 삶을 산 사람은 오히려 사회성이 있는 사람으로 추앙받곤 한다. 왜 그럴까? 침략만 받은 조상 탓일까? 학교 교육이 잘못된 것일까? 잘못된 가정 교육 탓일까?

나는 "한 나라의 정치 수준은 그 국민 수준을 넘지 못한다."라는 말을 실감한다. 지금의 국가적 난세는 정직하지 못한 국민과 정직하지 못한 정치 지도자의 합작품이라 생각한다. 국민이 정치 지도자가 잘못할 때 비난하는 것은 정당하나 때로는 넌센스이다. 왜 국민이 옳은 선택을 하지 않는 것에 대하여 비난받지 않는가? 국민의 선택은 항상 옳은가? 좌파나 우파, 보수나 진보, 그리고 집단의 사상 및 신념과 상관없이 필요한 근본이 정직이다.

국민이 정직하지 않아 정직하지 않은 지도자를 선출하였고, 정직하지 않은 지도자가 정직하지 않은 통치 행위를 행하여 지금의 난국을 초래하고 있다. 나는 국민이 이번 '검찰총장 인사청문회'를 어떻게 보았는지 궁금하다. 정직하게 진행되었는지, 아니면 부정직

(不正直)이 수용되었는지는 현재의 검찰총장이 누구인지를 알면 자명해진다.

지금의 국정 혼란도 국민이나 지도자가 정직하면 일어나지도 않았을 뿐 아니라 설사 잘못하여 발생하였더라도 쉽게 복원하거나 수정할 수 있다. 자손에게 정의롭고 위대한 대한민국을 물려주는 방법은 우리 모두가 정직해지는 것이다.

60세 이상 나이를 먹으며…

글의 제목을 '늙어가며'로 했다가 '나이를 먹으며'로 바꿨다. 전자의 제목이 어쩐지 좀 더 서글퍼 보여 한참 후 후자로 제목을 정했다. 그러고 나서 다시 제목을 '60세 이상 나이를 먹으며…'로 수정하였다. 젊은 사람도 나이는 먹는 것 아닌가.

최근 인간의 수명이 굉장히 길어졌다. 통계청 자료에 의하면 2000년 남녀 평균 기대수명은 76.01세였다. 2017년도에는 남자 79.67세, 여자 85.71세로 평균 82.69세로 나타났다. 의학의 발전으로 본다면 머지않아 '호모 헌드레드(Homo Hundred)', 100세 장수시대가 곧 도래할 것 같다. 오래 사는 것이 개개인의 입장에서 보면 경사스럽고 바람직한 일이 될 수도 있지만, 시야를 인류나 지구 차원의 관점에 둔다면 어떻게 봐야 하는지 말하기가 망설여진다.

하느님이 인간을 창조했다고 성경에서는 말하고 있다. 인간이 병들고, 다치고, 아파서, 그리고 인위적이든 자연적이든 사고가 나서 저세상으로 가는 것도 하느님의 뜻일 것이다.

그런데 인위적으로 생명을 연장하는 것은 하느님의 섭리를 거역하는 것이 아닌가? 이 글을 읽는 분들은 무슨 엉뚱한 소리를 하느냐고 핀잔을 줄 것 같다. "그럼, 아픈 사람을 치료하지 않고 그냥 바라만 보는 것이 하느님의 섭리인가? 하고 물으면 할 말이 없다. 나는 그저 장수(長壽)가 인류의 축복이 되지 않을 수도 있다는 생각이 들어 하는 말이다.

나도 나이를 먹어간다. 내 나이가 옛날로 본다면 많은 나이였는데, 지금은 '인생 60세부터'라든가 '60 청춘'이라는 말이 생겨날 정도로 노령 인구가 늘어나면서 '경로당'이나 '노인정'에 가면 잔심부름이나 하는 나이라 한다.

초등학교 시절에 우리 동네에 나이가 40대 중후반쯤 되는 아저씨가 있었는데, 동네를 휘젓고 다니는 모습이 생각난다. 한국이 나이 사회 아니던가. 그의 행동으로 보아 자신이 어깨에 힘줄 만큼 나이를 먹었다는 표현을 한 것이라 생각된다. 물론, 동네에 드물게 60대 초반인 나이 많은 어른들도 계셨지만, 그 아저씨는 동네에서 나이 많은 연령대에 속한다는 자신감(?)으로 어린 우리를 괴롭히며 살던 사람이었다. 지금 같으면 어디 동네에서 명함을 내놓을 나이인가?

사람이 나이만 먹는다고 학문과 수양이 높아진다고 할 수는 없다. 공자는 논어 '위정편(爲政篇)'에서 나이에 따른 자신의 발전과정을 설명하고 있다. 공자는 60세에는 '육십이이순(六十而耳順)'이라 하였다. 내가 60대인지라 이 말을 한 번 더 음미하게 된다.

여기서 '이순'은 학자에 따라 "소리가 귀로 들어와 마음과 통하기 때문에 거슬리는 바가 없고, 아는 것이 지극한 경지에 이르렀기 때문에 생각하지 않아도 저절로 얻어지는 것.", 또는 "말을 들으면 그 미묘한 점까지 모두 알게 된다." 등 여러 가지로 해석된다.

사사로운 감정에 얽매이지 않고 모든 말을 객관적으로 듣고 이해할 수 있는 공자의 나이가 60세인데, 내가 공자의 경지에 다다를 수는 없겠지만, 이순을 깨닫는 것조차 퍽 어려워 보인다.

나는 주위 사람들이 나처럼 나이를 먹으면서 많은 것이 달라지고 있다고 느끼고 있다. 장점도 단점도 동시에 많아지는 것 같다. 큰 변화를 살펴보자.

우선은 신체적 변화이다. 나이를 먹으면 건강이 좋지 못하여 자신감이 약해지고, 일을 적극적으로 하지 못하고 또 일하기를 귀찮아하여 게을러지는 현상이 생긴다. 또 기억력 감퇴나 언어 구사력이 떨어져 의사소통의 질이 크게 떨어진다. 사람, 사물의 이름이나 지명, 지금까지 행한 삶의 방식 등을 잊어버려 대화 중에도 "그 뭐더라…", "그것 있잖아." 등의 표현을 많이 쓴다.

내가 어릴 때 아버지가 이런 표현을 많이 사용하셔서 조금 의아했는데 이제야 이해할 것 같다. 나도 내가 젊을 때 사용했던 언어형식이 지금에 와서는 많이 달라졌고 아버지가 말했던 방식으로 근접해 가고 있음을 느낀다.

나이가 60세 이상이 되면 보통 사람은 사회관계가 줄어들고 '자신이 편한 대로, 그리고 하고 싶은 대로' 살아가는 개인적인 행동이 고착화된다. 더구나 먹고살 만하다면 주위와 부딪칠 필요가 줄어들기에 이런 행동은 습관이 된다.

설령 나쁜 습관이라 해도 누가 고치라고 말하지 않는다. 이런 개인적인 행동은 자신의 신념이 되고 가치관으로 굳어진다. 이러한 가치관은 더불어 사는 세상에서 혼자 고집불통이 되고 다른 사람과의 타협을 어렵게 만든다.

그래서 이런 사람들은 타인과 접촉했을 때 자기의 자존심만 앞세우고 자신의 가치관만 주장하면서 말이 많아지고 다른 사람의 목소리는 듣지 않게 되는 것이다. 다시 말해 현실 감각이 없는 자기집착형 인간이 되는 것이다. 노인정에 가더라도 어울리지 못하고 갈등만 키워 즉시 집으로 돌아오는 유형이다. 이런 사람은 되지 않아야 할 텐데….

사람마다 다르겠지만 60세 이상 나이를 먹은 뒤에 너무 정열적으로 일하거나 큰 목표를 세우고 도전하는 것은 조금 불편해 보인다. 매스컴에서는 이러한 도전을 격찬하지만 나는 아니다. 물론 이 말은 지극히 개인적인 생각일 수 있다. 그러면 경제적인 문제로 오랫동안 일해야 하는 사람을 어떻게 보는가? 각자 생각하기 나름 아닌가?

대부분 나이 많아도 열심히 일하는 모습이 보기 좋다. 그러나 후배들이 잘하고 있는지 뒤에서 지켜보는 것도 즐거움일 것이다.

60세 이상 나이를 먹어가면서 현실에 순응하고 쉽게 타협하는 모습도 보기 좋은 것 같다. 나이가 들면 경험이 축적되고 사회를 포용하는 아량도 생기게 된다. 이것이 인생의 변곡점이요, 전환기이다. 나이가 많으면 그동안 수용하지 못한 반대가 찬성으로 바뀌고 '좋은 것이 좋은 것'이란 생각을 많이 한다. 그렇다고 자기의 인생관마저 바뀌어서는 곤란할 것 같다.

나이가 들면 사회적 제약으로 인해, 시간이 부족해, 자식 문제로 인해, 남의 눈 때문에, 그리고 경제적 문제로 그동안 하지 못하던 것을 할 수 있어 좋다. 이는 타인과의 이해관계에서 멀어지고 사회적 구속에서 자유로울 수 있기 때문일 것이다. 일종의 자유를 누리는 것인데, 나이가 많이 들어 모든 제약에서 해방되어야 가능하다.

60세 이상 나이를 먹으며 대인관계에서도 활동영역이 좁아지다 보니 만나는 사람도 줄어들지만, 사람들을 아무 이해관계 없이 대할 수 있어 마음이 푸근하다. 담배는 오래전에 끊었고, 술은 지금까지도 계속 마시고 있긴 하지만 양이 많이 준 것 같다.

"나이 들어 술 못 마시면 무슨 낙으로 살아가나." 하고 얘기했는데, 나이 들어 보니 술 못 마셔도 살아갈 것 같다. 살다 보니 인생 여정에서 항상 새로운 즐거움이 생기고, 아내와도 새로운 관계가 이어지고, 자식도 결혼하고…. 지금까지 보지 못한 '인생의 빈틈'이 보여 그 속에서도 살만하다는 생각이 들기 때문이다.

Let It Be & Let It Be

최근에 내가 대학 시절에 듣던 팝송을 가끔 유튜브(YouTube)를 통해 들어보면서 새로운 감상에 잠기곤 한다. 그때는 팝송을 많이 들었다. 이유는 한국 음악과 비교해 사운드가 좋고 가사도 더 길고 철학적이며 뭔가 교훈적인 의미를 담고 있다고 생각했기 때문이다. 요즈음 젊은이들은 그리 팝송을 선호하지 않는 것 같다. 한국 노래가 팝송보다 한 수 위인 대중음악이 되었기 때문일까?

위 제목은 비틀즈(1959년 결성, 1970년 해체)의 노래 제목이다. 이 곡은 그들이 마지막으로 만든 앨범 'Let It Be'의 타이틀곡으로서, 인지도가 높은 이유도 음반 자체가 아닌 폴 매카트니의 노래 'Let It Be'의 인기에 힘입은 바가 크다.

이 곡이 만들어진 시기는 1968년 여름이다. 비틀즈 멤버들 간의 갈등에 밤잠을 못 이루던 폴 메카트니는 14살 때 암으로 사망한 엄마 '메리 매카트니(Mary McCartney)'가 꿈에 나타나서 제목의 충고를 해주는 꿈을 꾸었다고 한다. 한밤중에 잠에서 깬 폴에게 영감이 찾아왔고, 비틀즈의 명곡이 탄생하는 계기가 되었다.

그리고 앨범 버전에 실린 오르간 연주와 'Mother Mary(성모 마리아)'라는 가사 때문에 기독교와 성경에서 영감을 얻은 곡이 아니냐는 말이 나올 정도로 경건하고 종교적인 느낌이 드는 곡이다.

제목인 'Let It Be'는 "내버려 두어라. 순리에 맡겨라. 자연의 섭리를 따라라. 대세에 따라라." 등의 의미를 가지고 있다. 어떤 면에서는 초월적인 지혜와 가르침이 담긴 철학적인 제목이다.

혹자는 노래 가사 말에 무슨 의미를 크게 두느냐고 할지도 모른다. 보통 사람이 세상을 살아가는 동안에 가슴에 와 닿는 말이 꼭 예수, 소크라테스 혹은 존 롤스의 입에서 나온 말일 필요는 없지 않은가? 주요 가사를 음미해보자.

〈내가 방황할 때나 고민의 시간 속에 있을 때, 언제나 어머니는 나에게 다가와 지혜의 말씀을 해주셨죠. Let It Be(순리에 맡겨라, 그러면 치유된다). 그리고 세상을 살아가면서 가슴이 찢어질 듯 상심하는 이들에게도, 혹시 헤어지더라도 다시 만날 기회는 필연코 오리니. Let It Be(순리를 벗어나 서둘지 마라). 칠흑 같은 밤이라도 다음날이 밝아올 때까지 날 밝혀줄 한 줄기 불빛만은 여전히 비추리니. Let It Be(자연의 섭리대로 살아라). 내가 음악 소리에 잠을 깨어보니 어머니가 나에게 다가와 지혜의 말씀을 해주셨죠. Let It Be(내버려 두어라 그러면 잘 풀릴 것이다).〉

전에는 몰랐는데, 오늘 이 곡을 연속하여 듣고 있다. 지금까지 살아오면서 삶의 방식을 'Let It Be'로 하였다면 모든 일이 더 잘 풀리고 더 행복하지 않았을까 하고 생각해본다. 세계화된 세상을 살아가는 오늘날, 더구나 '빨리빨리'와 경쟁이 난무하는 한국 사회에서 'Let It Be' 방식이 적합하지 않을 수도 있다. 하지만 지금까지 주위 사람들이나 나의 삶을 되돌아보면 결국 우리의 인생사는 'Let It Be' 방식대로 흘러가고 'Let It Be'가 인생의 지침이 되었음을 지금에야 깨닫는다.

복합불황과
과다 복지지출의 딜레마

'복합불황'으로 인한 'R(Recession)의 공포'가 2019년 후반기 이후 OECD 국가를 비롯하여 주요 경제권으로 확대되고 있는 양상이다. OCED 경기선행지수(CLI : Composite Leading Indicator, 장기적인 경제 활동의 변동을 보여주는 선행지수로 100을 기준함)도 2018년부터 계속 100 이하로 하강하는 추세를 보여주고 있다.

여기서 복합불황이란 매경(2019. 09.16)에 의하면 "2018년 7월부터 시작한 미·중 간 무역전쟁(관세, 환율, 기술 냉전)으로 인하여 보호 무역주의가 부상하면서 글로벌 공급망이 흔들려 이에 의존하던 제조업체가 타격(실적 악화, 가동률 추락)을 받고, 이러한 공급 충격으로 소비재 가격이 상승하여 소비가 위축되는 현상을 의미한다.

한마디로 공급 충격이 수요 충격으로 전이되면서 공급과 수요가 모두 얼어붙는 현상."이라고 설명하고 있다. 이는 국가별 수출, 투자를 위축시켜 글로벌 교역이 위축되고 장기적으로 세계 경제불황을 초래한다.

눈앞에 닥친 실물경기 불황을 타개하기 위하여 각국은 경기부양에 진력하고 있다. 가장 일반적인 경기부양책은 금리인하 정책이다. 올해 들어 브라질을 비롯한 호주, 태국, 인도, 멕시코 그리고 인도네시아 등 전 세계 주요 30개국 중 17개국이 최소 한 차례 이상

정책금리를 내렸고, 그중 7월 이후에만 15개국이 인하를 단행한 것으로 집계됐다. 트럼프 행정부가 촉발한 글로벌 무역 갈등으로 경기둔화 우려가 커졌다는 게 핵심적인 명분이다.

최근 유럽중앙은행(ECB)은 예금 금리를 연 -0.4%에서 -0.5%로 0.1%포인트 인하하기로 하고 기준금리와 한계 대출금리는 각각 현행 연 0%, 연 0.25%로 동결한다."라는 통화정책 회의 내용을 발표했다. 이는 늘어난 시중 유동성을 민간 대출 확대로 유도해 소비와 투자를 진작시키겠다는 취지다.

ECB는 2014년 6월 예금금리를 연 -0.1%로 인하하는 등 2016년 3월까지 총 4차례에 걸쳐 연 -0.4%까지 내렸다. 그러나 올 들어 유럽 경기침체가 회복될 기미를 보이지 않자 ECB가 3년 6개월 만에 또다시 예금 금리를 인하한 것이다.

미국 중앙은행인 연방준비제도(Fed·연준)도 기존의 금리동결 기조를 버리고 금리인하 쪽으로 돌아선 모습이다. 지난 8월 연준의 금리인하 결정은 2008년 12월 이후 처음으로 행한 결정이다. 파월 의장은 기자회견에서 미국 경기가 양호한 상태에서 금리를 인하하는 결정을 한 것은 세계 경제의 감속 우려 및 무역 정책의 향후 전망이 불투명한 것이 하방 리스크를 가중시키고 있어 이에 대비하는 것이라고 분명히 했다. 앞으로 시장에서는 미국이 연내 2~3차례의 금리 추가 인하를 예상하고 있다.

중국도 미국과의 무역전쟁으로 말미암아 실물경제에 악영향을 끼치고 있는 가운데 작년 4차례 지준율을 내린 데 이어 올해 1월에 두 차례에 걸쳐 총 1%포인트 더 인하했다. 이번 달에도 지준율을 0.5%포인트 인하해 시중에 약 151조 원의 유동성 자금을 공급한다는 계획이다. 최근 중국 경제가 하방 압력을 크게 받자 리커창 중국 총리는 앞으로 '바오류(保六, 6%대 경제성장률 사수)' 목표를 사실상 달성하기 어려울 것이라고 토로했다.

일본은행은 2016년 1월 통화정책 결정 회의에서 마이너스 금리를 도입했으며 현재 은행의 중앙은행 예치금(일본은행 당좌예금) 신규 분에 대해 -0.1%의 금리를 매기고 있다. 일본은행 안에서 추가 금융완화 목소리가 나오는 것은 무엇보다 '엔화 강세' 때문이다. 따라서 다음 달 기준금리 결정 회의에서 추가 금리 인하 가능성이 높은 편이다.

한국은행은 지난 7월 금융통화위원회의 통화정책 방향 회의를 통해 기준 금리를 기존 연 1.75%에서 1.50%로 0.25%포인트 내리기로 했다. 이로써 한은의 통화정책 방향은 2017년 11월 금리 인상 이후 20개월 만에 다시 금리 인하 쪽으로 바뀌게 됐다. 우리나라 역시 조만간 기준금리가 역대 최저인 1%까지 떨어지며 가보지 않은 길에 접어들 것이란 예상이 나오고 있다.

세계 각국이 다가올 복합불황에 대비하여 자국의 경제 체질을 바꾸고 유동성을 늘려 투자를 유인하는 등 경기 진작에 주력하고 있으나, 우리나라는 소비와 투자를 늘리는 정책 대신 경제를 퇴보시키는 정책만 내세우고 있다.

정부는 세금을 퍼부어 4시간 노인 단기 일자리 수십 만 개를 양산하는 정책을 펼치고 있지만, 이는 국민 세금을 낭비하고 재정을 악화시키는 세금 낭비 일자리 양산일 뿐이다. 반 시장, 반 기업 정책을 개선할 생각은 아예 없다. 2019년 슈퍼 예산을 편성하면서 정부가 국민의 세금으로 급진적인 포퓰리즘 분야에 예산을 쏟아붓고 있다.

대표적인 포퓰리즘 분야가 선심성 과다 복지지출이다. 따라서 내년 1인당 세금 납부액이 평균 750만 원에 이르고, 2023년에는 850만 원대를 넘어설 것으로 추산된다. 인구 자연 감소가 올해부터 시작될 가능성이 있는 이런 상황에 복지비용은 본 예산을 기준으로 올해 106조 7000억 원에서 2023년 150조 2000억 원으로 늘어난다. 연평균 8.9%씩 증가하는 것이다. 이는 인구 증가폭이 둔화하는 가운데 복지사업 확대로 재정의 의무 지출액이 늘기 때문으로 풀이된다.

정부는 복지예산을 무차별적으로 지원하고 있다. 아르헨티나와 베네수엘라의 정책을 따라가는 것은 아닌지 걱정이 앞선다. 정부는 무작정 복지예산을 선진국 수준으로 늘려야 한다고 주장하기에 앞서 지원이 꼭 필요한 소득계층을 정해 놓고 지원하는 방식으로 전환해야 한다. 아직도 한국은 선진국이 아닌 중진국이다. 복지보다 경제성장에 방점을 둔 정책이 지속되어야 한다.

이주열 한국은행 총재가 최근 참모들에게 비상시를 대비한 기존 컨틴전시 플랜보다 더욱 악화한 사정을 감안한 보고서를 작성하라고 지시했다고 한다. 한국 경제가 갈수록 복합불황으로 인한 위기의 터널 속으로 빠져들고 있기 때문이다. 2008년 글로벌 금융 위기 때와는 경제 상황이 다르지만, 어떠한 국면으로 빠져들지는 아무도 모른다.

우려하는 복합불황이 각국의 노력으로 단기적인 경제 충격으로 끝이 난다면 다행이지만, 그렇지 않는 경우를 대비해 과다 복지 예산을 투자와 소비를 진작시키는 정책에 사용하여 선심성 과다 복지지출로 인한 폐해를 막아야 한다.

욱수동에 살며

영화 보기

　내가 사는 동네 인근에 있는 극장으로는 'MBC 시네마M', 'CGV 대구스타디움', '경산 롯데시네마'가 있다. 영화를 보려고 검색하면 거의 비슷비슷한 영화를 상영하고 있어, 가장 자주 가는 극장은 집과 가까운 CGV 대구스타디움이다. 이 3개의 극장에서 마땅히 볼 영화가 없다면 도심에 있는 'CGV 대구예술관'이나 '동성 아트홀'로 간다.

　이 두 극장은 소위 예술영화를 상영하는 극장이다. 예술영화는 할리우드 영화처럼 인기는 없으나 정말 좋은 영화다. 주로 나이가 든 30대 후반을 시작으로 중년 관객들이 많이 온다. 나도 일반영화보다 독립·예술영화가 점점 더 좋아진다.

　아직도 영화관 상영 영화를 선호하지만, 다양한 장르를 보유하고 있는 '넷플릭스'도 자주 본다. 여기서는 아주 오래된 '빨강 머리 앤'과 같은 명작 드라마도 만날 수 있다.

　2018년 멀티플렉스 극장 수(스크린 수 2,756개)는 384개로 2017년의 361개보다 6.4%가 증가하였다. 384개의 멀티플렉스를 세분해보면 CGV가 156개, 롯데시네마가 120개, 메가박스가 100개, 씨네Q가 5개, 기타 멀티플렉스가 3개로 구성되었다. 극장도 이제는 대기업이 아니면 진출하지 못하는 업종으로 바뀌었다.

　'영화진흥위원회'에 의하면 2018년 전국의 극장 수는 483개(스크린 수 2,937개)로 2017년의 452개보다 31개가 늘어나 6.9%가 증가하였다. 이 극장 수를 좌석 수로 환산하면 449,765개로 나타난다. 동일 시간에 전국의 극장에서 약 45만 명이 영화를 볼 수 있는 규모이다. 한국 영화산업의 발전과 더불어 관객 수도 해마다 늘어나는 걸 증명해주고 있다.

10년 전만 하더라도 나는 한국 영화는 잘 보지 않았다. 시나리오 수준이나 영화 제작 기술이 썩 좋지 않았기 때문이다. 그러나 현재는 과거보다 한국 영화 제작 기술이나 산업이 발전한 것을 부인할 수 없다. 그렇다 하더라도 아직도 한국 영화를 보는 비율이 20%를 넘지 않는다. 한국 영화를 즐겨보기에는 아직도 장르가 다양하지 못하고 완성도도 떨어진다고 보고 있기 때문이다.

영화계 전문가들은 "한국 영화는 출발 자체가 일제강점기에 이루어졌기 때문에 뚜렷한 미학적 특성이 생겼다."라고 한다. 바로 '리얼리즘'이다. 그래서 "한국 영화에는 리얼리즘에 대한 강박이 있어 대부분의 스토리를 현실 소재에서 가져온다."라고 말한다. 그래서인지 한국 영화는 예술성보다는 사회 현실, 고발성 소재를 담은 영화가 유독 많다. 조폭 관련 영화나 정경유착을 보여주는 영화가 흥행을 누리는 것도 그 이유다.

한국 영화의 원년이랄 수 있는 1919년 10월, 서울 종로구 단성사에서 한국 최초의 영화 '의리적 구토'와 다큐멘터리 '경성전시의 경'이 상영된 후 한국 영화는 올해로 벌써 100년의 역사를 기록하고 있다.

욱수동에 살며

1999년 2월 한국 영화 최초 블록버스터 '쉬리'의 흥행으로부터 본격적인 산업화에 접어든 이후 지금까지 눈부신 성장을 이루어 왔다. 영화진흥위원회의 '2018년 한국 영화 결산' 자료를 보면 지난해 한국 영화 누적 관객은 2억 1,639만 명으로 6년 연속 2억 명을 넘겼다. 한국 영화 점유율은 50.9%에 달해 8년째 절반을 웃돌았고, 매출액은 1조 8,140억 원으로 역대 최고치를 경신했다.

세계적으로 자국 영화점유율이 50%를 넘는 나라는 한국을 포함해 미국과 일본, 중국과 인도가 있으며, '미국영화협회'에 따르면 한국 영화 시장 규모는 세계 5위다. 한국은 세계 영화시장 전체 규모인 411억 달러 중 16억 달러로 북미(119억 달러), 중국(90억 달러), 일본(20억 달러), 영국(17억 달러)의 뒤를 잇고 있다.

또한 국내 주요 투자·배급사 등이 만든 한국 영화는 매년 세계 각지로 판매되고 있다. 2016년 제작된 박찬욱 감독의 '아가씨'는 전 세계 6대륙 175개국에 판매돼 한국 영화 최다 판매기록을 경신한 바 있다.

그런데 발전된 한국 영화를 보고 나오면 아직 뭔가 아쉬움이 남는다. 한국 영화에 대한 기대치가 높아서일까? 기대가 높으면 만족도도 더 높아져야 하기 때문에 아쉬움으로 남는 것은 아닌지. 그런 탓에 기대치가 높은 한국 영화의 흥행 기록이 외국 영화보다 높지만, 관람 후 만족도는 경험상 외국 영화보다 높지 않은 것 같다.

돌이켜 생각해보면 나이가 들어감에 따라 내가 좋아하는 영화 장르도 많이 변한 것 같다. 영화 장르란 '유사성을 띤 일화의 줄거리, 등장인물, 세트, 사운드, 주제, 화면 구성, 편집 그리고 분위기 등에 따라 영화들을 분류한 것'을 말한다. 영화 장르는 고정된 것이 아니며 나이에 따라 선호가 달라지고, 시대의 흐름과 사회의 변화, 관객의 취향에 따라 끊임없이 재생산된다고 본다.

영화를 조금 알 때는 웨스턴(Western), 일명 서부 영화를 좋아했다. 말 타고 악당들에게 총 쏘면서 황야를 질주하는 보안관 모습이 무척 인상 깊었다. 그다음으로 '벤허' 같은 종교 영화나 그리스, 로마제국 관련 영화, '빠삐용'과 같은 모험 영화도 좋아했다.

서른이 넘어서는 연예, 공상과학 영화 등을 주로 보았고, 중년으로 접어들면서 '포레스트 검프'류의 로맨틱 코미디 영화도 많이 보았다. 지금은 '국제시장' 같은 감동적인 가족 영화, 서정적인 로맨스 영화, 마음 따뜻한 인생을 보여주는 영화를 선호한다. 그래서 한국이나 외국의 예술영화를 더 자주 보게 되는 것 같다.

역대 박스오피스를 살펴보면, 한국 영화 중 독립·예술영화 부문 역대 1위는 2014년 개봉된 '님아, 그 강을 건너지 마오'로 관객 수 480만 명, 매출 373억 원을 기록하였다. 2위는 2009년 개봉한 '워낭소리'로 290만 명의 관객을 동원하였고, 3위는 2010년 개봉하여 164만 명을 동원한 '그대를 사랑합니다'이다.

이런 영화를 보면 많은 돈을 들여 짜임새 있게 만든 영화란 생각은 들지 않지만 정말 노력을 많이 기울인 영화이며, 인생의 의미를 깨닫게 해주는 진한 여운을 남기는 영화란 생각이 든다. 한번 볼만한 영화이다.

작년에는 제23회(2018) '부산 국제 영화제'에 갔었다. 영화의 전당을 비롯하여 해운대 일대에서 개최되었다. 이 지역에는 CGV 센텀시티, 롯데시네마 센텀시티, 소향시어터, 메가박스 해운대 등의 상영관이 집중 배치되어있어 영화제를 하기에 적합하였고, 부산시의 영화에 대한 지원 및 열정이 대단하다는 느낌을 받았다. 아침 일찍 부산에 도착해 이틀에 걸쳐 오전에 1편, 오후에 2편의 영화, '누구나 아는 비밀', '로마' 등을 보았다.

　　올해도 10월 3일에서 12일까지 영화제가 부산에서 열린다. 올해는 하루 2편만 볼 예정이다. 어차피 영화제 출품 상영작 일부는 대구 일반 상영관에서도 나중에 볼 수 있으니 서두를 필요가 없겠다. 영화 보기라는 취미가 나의 예술적 성향으로 인한 것이지 퇴직 후 시간이 남아돌기 때문인 것은 아니라고 자부하면서….

제주가 화산섬인가?

　　작년 3월에서 4월에 걸쳐 '제주 한 달 살기'를 했었다. 정확히 40일을 제주에서 살았는데, 서귀포시 인근 펜션에서 10일, 나머지는 중문 인근 귤 농장 내에 있는 펜션에서 보냈다.

　　여기에 있는 동안 제주 한 달 살기를 하기 위해 육지에서 온 여러 사람을 만났다. 젊은 사람들은 학교를 휴학하거나 일시적으로 직장에 휴직계를 내고 새로운 일자리를 찾기 전에 온 사람들이고, 나이가 든 사람은 자발적 실업 중인 사람과 퇴직한 사람들이었다. 대부분 혼자 왔는데, 제주 한 달 살기는 혼자서 하는 것이 제격이라고 생각한다.

　　제주에 갈 때와 올 때는 완도항을 이용했다. 여기는 카페리 쾌속선이 있어 차를 싣고서도 2시간 정도밖에 소요되지 않는다. 제주도 내에서는 가지고 간 차량을 이용했기에 이동에 불편함이 없었다. 현지인의 얘기를 들어보면 근래 제주도의 큰 변화 중 하나가 부동산 가격 상승과 차량 증가라고 한다. 부동산 가격은 올라서 좋은데 차량 증가는 싫어했다. 나까지 차를 가지고 갔으니… 그럴 만도 하다.

　　식사는 마트에서 먹을거리 싸서 해 먹기는 했으나 대부분 외식을 했다. 이 와중에 친구 2명이 찾아와 1주를, 막바지에는 와이프가 와서 1주를 같이 보냈는데 이 2주 동안은 이들에게 제주도 구경시키랴, 밥하랴 좀 바쁘게 보냈다. 나머지 시간은 제주도에서 독서도 하고, 여러 관광지에도 가고, 농장에서 혼자 사색하는 시간도 갖고, 낚시도 하고, 한라산과 오름에도 오르고, 올레길도 걷고, 마라도도 가보고…. 즐거운 시간을 가졌다.

제주는 세계에서 몇 안 되는 아름다운 섬 중 하나이자 관광지이다. 제주에 갈 때마다 느끼는 것이 있는데, 제주는 10년 전이나 20년 전과 비교해도 관광지 속성이 달라진 게 없다는 점이다. 물가만 올랐을 뿐, 그렇게 매력이 있는 섬이 아니다. 자연 절경을 제외한다면 그저 그런 섬이다. 왜 그럴까? 우리나라 사람은 제주에 기대하는 어떤 동경이 있다. 가보면 그런 기대에 못 미쳐 제주가 '가깝고도 먼 당신'이 되지는 않았는지.

이 글에서는 제주가 관광지로서 기대에 못 미치는 점만 열거해 볼까 한다. 우선 제주 사람은 관광지 주민으로서는 친절하지 못하고 서비스 정신도 살짝 부족하다고 생각한다. 단체관광객이 많아서인지 혼자서 밥 먹을 수 있는 분위기의 식당을 찾기도 힘들고, 매번 느끼지만 제주 음식의 맛이 전반적으로 만족스럽지도 않다.

'제주의 푸른 밤'은 어디에 있는지…. 제주도에서는 해가 지면 갈 데가 없다. 성(性) 박물관, 자동차 박물관은 있는데 제주민요, 제주 해녀, 그 밖의 제주 관련 창작극을 위한 정기 공연장은 보지 못했다. 현재 제주에 있는 위락시설은 한곳에 모을 필요가 있으며, 엔터테인먼트를 새롭게 개발하고 활성화시켜야 한다. 제주도는 제주가 관광지인지 아니면 갈라파고스처럼 자연을 위하는 섬인지 분명히 해야 한다.

제주는 화산섬이다. 120만 년 전에 1차 화산폭발이 일어났다고 추정하고 있으며, 여러 차례의 폭발 후 현재의 제주도가 형성되었다. 마지막 화산폭발은 1002년과 1007년(목종 10년)에 일어났으며, 이때 새로운 산과 섬이 생겨났다고 '고려사'에서 전하고 있다.

제주는 화산섬의 모습을 분명히 드러낼 때 제주답다. 그런데 현재 제주는 한라산 정상이나 바닷가를 가지 않으면 화산섬인지 그냥 섬인지 구별이 모호하다. 이유는 화산섬에 어울리지 않게 초목이 우거져 있기 때문이다. 얼핏 보면 섬의 일부가 열대지방의 정글 숲 같아 보인다. 물론 초목이 우거진 지역도 있어야 하지만, 제주 전체가 초목으로 덮일 이유는 없다.

제주의 랜드마크는 둘레길 바닷가(특히 남쪽과 서쪽), 한라산(산방산 포함), 그리고 기생화산인 오름(성산일출봉 포함)이라 사료된다.

둘레길 바닷가는 제주의 특성을 그대로 간직하여 그대로 두어도 좋을 것이다. 문제는 1개의 한라산과 368개의 오름이다. 백록담 4개의 등정 코스를 통해 정상을 가다 보면, 한라산이 너무 많은 수풀로 덮여 화산인지 그냥 산인지 구별이 되지 않는다. 특히 '조릿대'는 한라산 초입부터 산 정상까지 뻗어가면서 화산임에도 일반적인 산과 구별하지 못하게 가리고 있으며, '철쭉' 및 세계 최대 '구상나무' 군락까지 고사시키고 있다.

각 오름도 이름이나 지명에 따른 특색이 있는데 대부분 수풀로 덮여 이런 특색이 소멸되었을 뿐만 아니라, 보통 높이가 200~300M의 오름을 오르는데 시야가 가려 숲속을 올라가는 느낌이다. 오름의 정상에 올라도 분화구에 나무가 가득 차 있어 이게 오름인지 구분이 안 된다. 대부분의 오름 전망대는 나무로 가려 조망할 수가 없다. 유명한 '거문오름'이나 '붉은오름'도 오름 이름이 무색할 만큼 주위 환경이 변했다.

'곶자왈'도 마찬가지다. 곶자왈이란 '곶은 숲을 뜻하며, 자왈은 나무와 덩굴 따위가 마구 엉클어져서 수풀같이 어수선하게 된 곳'을 의미한다. 가서 보니 어수선한 곳이 아니라 그냥 보통 숲으로 변하고 있었다. 나무가 너무 우거져 화산 곶자왈의 본모습을 점점 잃어가고 있어서 안타까웠다.

산림식생대가 기후변화로 변동하고 있다 하더라도, 제주도는 관리해야 한다. 가만두면 밀림이 섬 전체를 뒤덮는 것은 시간문제다. 제주는 더 이상 화산섬이 아니다. 이를 위해 조릿대를 제거해야 하며, 제주가 정글이 아닌 본래 화산섬임을 부각하기 위하여 대부분 지역에 흔한 수종은 베어내 한라산과 오름으로 구성된 화산섬 본래의 모습을 되찾아야 한다.

혹시 이 글을 제주도민이 본다면 너무 언짢아하지 않았으면 좋겠다. 섬, 제주에 대한 애정이 많아 쓴 글이니 많은 양해 부탁드리고자 한다. 울릉도에 갔다면 이런 감정이 나오겠는가?

경영 의사결정과정의
편견이 부른 사회현상

어떻게 하면 최소의 비용으로 최대의 효과를 내는 합리적인 의사결정을 할 수 있을까? 이런 의사결정을 하는 것을 '최적화(Optimization) 문제'라 한다. 다시 말해 최고(Maximum)도 아니고 최소(Minimum)도 아닌 상태를 찾는 것이다. 최적화를 이루기 위한 해법은 수학의 한 분야로 매우 복잡하고 어렵다.

그래서 우리는 일반적으로 '휴리스틱(Heuristic)'을 이용한다. 휴리스틱은 시행착오라는 반복된 경험을 바탕으로 '주먹구구식 법칙'을 적용하여 최적을 얻는 방식을 말한다. 즉, 모든 정보를 수집해서 꼼꼼히 따져 보기보다는 그동안의 경험이나 쉽게 얻을 수 있는 몇 가지 정보만을 바탕으로 결론을 내린다는 것이다.

사실 우리 모두는 알게 모르게 최적화의 개념을 인식하고 있으며, 그 해법 또한 나름대로 지니고 있다. 예를 들면 어떤 필요성에 의해 물건을 구입하려 할 때 몇 가지 대안을 고려한다. 고려 요소는 주머니 사정, 구입 가격, 스타일, 에프터 서비스 조건, 경쟁제품 등이며, 이런 여러 가지 조건을 비교·검토한 후 결정을 내리게 된다. 여기서는 수학적인 계산 없이 최적화 기법을 적용하고 있는 셈이다.

기업의 경영자나 특정 목적을 달성하려는 사람들은 최적화된

옥수동에 살며

무오류의 의사결정을 위해 필요한 정보를 완벽하게 수집하려고 하나 한계가 있게 마련이다. 그래서 의사결정은 대부분 "모든 부분을 빈틈없이 고려해서 이뤄지는 것이 아니라 늘 해오던 익숙한 방식을 거쳐서 그 정도면 됐다."라는 수준에서 마무리된다.

이것이 '허버트 사이먼(Herbert Simon)'이 주창한 '제한적 합리성(Bounded rationality)'이라는 개념이다. 그런데 문제는 이러한 제한된 정보조차도 신뢰성이 검증된 객관적인 내용으로 이루어진 것이 아니라 경영자의 기호에 따라 한쪽으로 편향된 정보가 수집되기 쉽다는 점이다. 기업의 경영자나 정치인, 특정 목적을 달성하려는 사람들은 휴리스틱적 의사결정을 할 때 여러 오류를 범할 수 있는 시스템적 편견에 빠질 수 있다. 이런 편견 중 대표적인 것 몇 개를 들어보자.

우선 '확증 편견(Confirmation Bias)'이 있다. 이 개념은 자신의 기대나 판단과 일치하는 정보에 대해서는 무게를 더 두지만, 기존의 자기 신념과 상충되는 정보에 대해서는 아무리 객관적이라 하더라도 무시하거나 왜곡하는 경향을 말한다. 즉 자신의 주장에 부합되는 정보만 찾으며 자신이 믿고 싶은 것만 믿는 것을 말한다. 이런 정보는 합리적인 의사결정에 도움이 되지 않는다.

대부분 기업을 운영하는 사람들은 글로벌화, 정보화되어 있으며, 경영을 지원하는 재무회계 시스템 등으로 인해 필요한 자료를 쉽게 파악할 수 있어 확증편견 성향으로부터 벗어나 합리적인 의사결정을 하고 있다. 그러나 정치권에 몸담고 있는 사람들은 확증

편견이 심하다. 세상이 어떻게 바뀌고 있는지를 모르며, 아예 세상의 변화에 눈 감고 있다. 요즈음 정치가 온 나라를 옥죄고 있으며 '조국 사건'은 대한민국의 정의나 도덕적 가치를 1세기나 후퇴시켜 놓았다. 원인은 정치인의 확증편견 때문이다.

그렇다면 우리는 의사결정 시 확증편견을 극복하기 위해서 어떻게 해야 할까. 우선 자신의 확증편견을 방지하기 위해 자신의 선입감을 배제하는 것이 선결 과제이다. 그리고 자신이 멀리하는 정보를 존중하고 문제의 해결방법을 검토할 때는 항상 제로베이스에서 논의해야 한다.

'몰입의 심화 편견(Escalating Commitment Bias)'은 반대 증거들이 늘어남에도 불구하고 실패한 의사 결정에 점점 더 몰입하는 것을 말한다. 다시 말해 이전의 의사결정이 잘못되었다는 객관적인 정보가 있음에도 불구하고 이전의 의사결정을 고수하려는 경향을 말한다. 결과에 대한 책임이 자신에게 있다고 생각할 때 몰입을 더 심화시킨다고 한다. 잘못된 투자를 해놓고도 그동안의 투자액 때문에 더 많은 투자를 강행하는 것도 같은 원리이다.

몰입의 심화 편견에 대한 예를 들어보자. 뉴욕 롱아일랜드 조명회사는 1966년 롱아일랜드에 $7,500만 예산으로 원자력 발전소 건설을 착수하여 1973년에 완공하기로 하였다. 그러나 건설공사 중 예견하지 못한 지역 주민의 반대에 부딪혔다. 건설을 중지해야 했으나 이 회사는 1986년까지 $60조를 지속적으로 투입했다. 끝내 발전소는 완공하지 못했고, 이 사업은 실패로 끝났다. 경제적으로는 이러한 경향을 좌초 비용이라고 한다. '베트남 전쟁'도 몰입의 심화 편견에서 시작되었고, 우리나라의 '탈(脫) 원전정책'이나 '4대강 보 철거정책' 등이 의사결정자의 '몰입의 심화 편견' 탓이다.

'몰입의 심화 편견'에서 벗어나기 위해서는 이전의 의사결정이 잘못되었다는 부정적 정보를 알게 되었을 때, 이를 줄여나가려는 노력을 해야 할 것이다. 잘못된 의사결정이 앞으로 더 안 좋은 결과를 낳을 수도 있다는 생각을 해야 한다. 그래야 더 극한의 상황에 빠져들지 않을 수 있기 때문이다.

'고착적 편견(Anchoring Bias)'이란 처음에 접한 정보를 시작점으로 생각을 고정시키는 경향을 말하며, 일단 고정되면 그다음에 이어지는 정보를 적절히 조정하지 못하는 것을 말한다. 즉 처음의 생각을 중시하여 크게 벗어나지 않으려는 경향을 의미하며, 최초에 습득한 정보에 몰입하여 새로운 정보를 수용하지 않거나 이를 부분적으로만 수정(Anchoring and Adjustment)하는 행동 특성을 말한다.

예를 들어 $500의 티셔츠를 먼저 본 다음 $100의 두 번째 티셔츠를 보면 두 번째 셔츠가 싸구려라는 생각을 할 것이다. 반면 가격이 $100인 셔츠만을 보았을 경우, 싸구려란 생각을 하지 않았을 것이다. 또 "3달 후의 삼성의 주가가 어떻게 되겠는가?"란 질문을 받으면 삼성의 오늘 주가를 먼저 확인하고 3개월 후의 주가를 예견하는 것도 고착적 편견의 한 예이다.

좌편향된 국민이나 운동권 정치인, 주사파 세대 모두가 고착적 편견을 가지고 있는 사람들이다. 처음의 잘못된 사상을 마음속에 고착화하여 이후의 정보는 습득하지 않으려는 집단이며, 오늘날 대한민국 사회 붕괴의 단서를 제공하는 사람들이다.

고착적 편견에 빠지지 않으려면 초기 정보에 집착하지 않고, 초기 정보가 틀릴 수 있음을 인지해야 한다. 다시 말해 초기 정보에 아직 밝혀지지 않은 부분이 있고 후속 정보가 더 정확한 정보가 될 수 있음을 고려해 정보를 균형 있게 받아들이려는 자세가 필요하다는 뜻이다.

'선택적 지각 편견(Selective Perception Bias)'이란 외부 정보를 있는 그대로 받아들여 처리하지 않고 자신의 가치관과 일치하거나 자신에게 유리한 정보만 선택적으로 받아들여 처리하려는 편향을 말한다. 자신의 주관적 관심, 배경, 경험 및 태도에 근간을 두고 타인 또는 대상을 선택적으로 받아들이고 해석함으로써 발생하며, 감정적 불편함을 초래하거나 기존의 신념에 반하는 자극은 인지하지 않거나 신속히 잊고자 하는 경향을 보인다.

매일 2시간씩 운동을 열심히 하고, 건강에 좋은 음식만 먹고 있는 사람이 담배를 피우고 있다면 합리적인 결정을 하고 있는 상태가 아니다. 이 사람은 운동을 열심히 하기 때문에 담배가 건강에 좋지 않더라도 별문제가 없다고 생각하거나 애써 이런 생각을 하지 않는 않는다. 이런 현상을 '선택적 지각 편견'이라 한다.

기업인이나 정치인 중에도 선택적 지각 편견을 가진 사람이 많다. 북한의 인권은 생각하지도 않고 '남북경협'이나 '평화경제'를 주장하고, 기업에 대하여 '노(勞) 편향 정책'으로 '기업 옥죄기'를 하면서 기업에 고용을 창출하라고 하는 것이 선택적 지각 편견에서 비롯된 것이다.

그리고 '가용성 편견(Availability Bias)'이란 어떤 의사결정이 필요할 때 우리의 뇌가 저장된 기억으로부터 바로 이용할 수 있는 사례를 떠올리고 그 사례에 따라 즉각적인 판단을 내리는 것을 말한다. 사람들은 자신이 쉽게 취득할 수 있는 정보에 근거하여 의사결정을 하려는 경향을 보이기 때문이다. 속되게 말하자면, 사람은 자신이 노는 물의 관점에서 세상을 바라본다는 이야기다.

자신의 즉각적 판단이 편견일 수 있으나, 이것은 진실보다 가깝고 활용도도 높다. '김정은과 문재인이 왜 저렇게 비합리적으로 행동하고 판단할까?'라고 생각하는 것도 그들의 가용성 편견으로 설명할 수 있다.

어떤 직업이 더 위험할까? 경찰관일까, 벌목꾼일까? 신문에서 자주 경찰의 인명사고 기사를 봐왔기에 경찰이 더 위험한 직업이라고 생각할 수 있지만, 통계에 따르면 실제로는 벌목꾼이 경찰보다 사망할 가능성이 더 높게 나온다. 만약 경찰의 사망 가능성이 높아 더 위험한 직업이라 했다면 가용성 편견에 노출된 것이다.

기업의 경영자는 직원을 채용할 때, 국민은 정치인을 선출할 때 가용성 편견을 가지지는 않았는지 반추할 시간이다. 정치인이 경제나 국가 제도에 가용성 편견을 노출시키면 국가가 불안해진다.

위에서 언급한 의사결정 과정상의 오류와 편견은 발생하지 않아야 할 사항이기에 개인은 물론이거니와, 특히 의사결정자들의 현명한 판단이 요구된다.

고졸취업의 허상

　'초·중등교육법 시행령 개정안'에 따르면 취업을 우선으로 고등학교는 크게 '특성화고'와 '마이스터고'로 분류된다. 특성화고는 1997년에 신설된 초·중등교육법의 특성화 학교 조항에 따라 인가를 받은 학교로, 기존 실업계 고등학교의 대안적인 학교 모형으로 애니메이션, 요리, 영상 제작, 관광, 보석 세공, 인터넷, 멀티미디어, 원예, 골프, 디자인, 승마 등 다양한 분야에서 재능과 소질이 있는 학생들에게 맞는 교육을 실시하는 학교이다.

　마이스터고는 유망 분야의 특화된 산업수요와 연계하여 영 마이스터(Young Meister)를 양성하는 특수목적고등학교로 이명박 정부가 2008년 도입한 학교 모델이다. 마이스터고는 학비나 입학금, 학교운영지원비, 기숙사비까지 모두 면제된다.

　2015년 박근혜 정부 시절, 특성화고를 대상으로 독일·스위스의 도제교육을 우리 현실에 맞게 도입·확대하여 직업교육의 현장성을 제고하고 고용 미스매치를 해소하기 위해 '산학일체형 도제학교' 모델을 도입하였다. 이는 학생이 학교와 기업을 오가며 주요 직무 분야 중심으로 기초이론을 배우고 현장실무에 필요한 교육을 받는 한국형 도제식 교육 모델이다. 2017년까지 전국적으로 150여 개의 학교가 참가하였다.

　산학일체형 도제학교가 특성화고를 대상으로 시행되었다면,

욱수동에 살며

'매력적인 직업계고 육성사업'은 문재인 정부가 실시하는 교육 사업으로(사업대상 : 마이스터고, 특성화고, 일반고 직업계열) 2020년까지 전국 150개교를 선정할 예정이다. 이 사업은 학교 특성과 여건을 고려하여 학교 스스로 구상한 '매직' 프로그램을 운영하고 종합적이고 체계적인 연수 및 컨설팅을 통해 직업계 고등학교의 근본적 혁신 및 체제개편을 유도하는 것이다.

지금까지 장황하게 정권별 직업계 고등학교 체계를 설명하였는데, 여기서 강조하고 싶은 것은 정부가 바뀌면 새로운 학교 제도나 교육 사업이 생겨난다는 것이다. 기존 직업계열 고등학교 운영이나 제도가 잘못되었다면 당연히 새로운 체제를 도입하고 기존의 것을 수정하거나 보완하여야 한다. 그러나 효율적으로 운영하고 있는 특성화고, 마이스터고의 직업교육 시스템을 정권이 바뀌었다고 그 체계를 바꾸어서는 안 된다.

개인적으로 이명박 정부가 제일 잘한 치적이 마이스터고의 설립이다. 전국 50개교 설립을 목표로 제시된 마이스터고 직업교육 정책은 한국이 처한 학력 위주의 교육적 문제를 해소하고 대한민국이 기술 강국으로 거듭날 수 있게 하는 획기적인 작품이었다.

이명박 정부 출범 시인 2008년 1차로 9개의 마이스터고가 지정되었으며, 2013년 임기 만료 시까지 39개의 학교가 개교하였다(2019년 현재 51개 교). 이때까지 정부가 개교 시 개별 마이스터고에 지원한 예산은 150~200억 정도였으며, 해당 지자체의 지원도 상당하였다. 2010년 마이스터고 개학 후 우수한 학생들이 대거 지원하였고 졸업생들은 대부분 공기업이나 대기업에 취업하였다. 이는 당시 정부가 적극 지원해준 덕분이며, 이는 박근혜 정부까지 지속되었다.

그런데 이명박 정부 이후 앞서 언급된 '산학 일체형 도제학교', 그리고 '매력적인 직업계고 육성사업'이 쏟아져 나왔다. 현장에서 이들 두 정책의 실행 효율성을 바라본 필자는 큰 실망을 하였다. 차라리 두 정책을 도입하지 않고 기존 체제를 활성화하는 방향으로 나아갔으면 예산 낭비를 줄이고 기존 시스템을 더 효율적으로 운영할 수 있었을 텐데 하는 생각이 들었다.

'고졸 취업률'을 높이겠다는 것은 마이스터고의 설립과 더불어 이명박 정부 때부터 시작됐고 그 후 박근혜 정부 들어 더욱 강화됐다. 이때 제시된 교육개혁 과제 중 하나가 '선취업 후진학' 및 '일·학습 병행'이었다.

그러나 박근혜 정부에서 제시한 직업학교 모델인 '산학 일체형 도제학교'로 인하여 마이스터고의 정부지원이 상대적으로 줄어들었다. 그럼에도 2017년까지 마이스터고 평균 취업률은 90~95%를 유지하였고, 특성화 고등학교 취업률은 최고 50~60%를 기록하였다.

최근의 통계를 보면 저학력자 일자리가 감소하면서 고졸 취업자가 급감하고 있다. 문재인 정부가 출범한 이후 교육정책이 좌파 교육부장관 및 교육감들이 득세하여 직업교육에 더 역량을 집중할 것으로 기대하였으나 사정은 그렇지 않은 것 같다. 2018년부터 고졸 취업률이 현격히 떨어져 올해 2월 직업계고 졸업생의 취업률은 34.8%로 8년 만의 최저치라고 발표하고 있다.

문재인 정부가 들어선 뒤 매년 고졸 취업률뿐만 아니라 '취업의 질'까지 떨어지고 있는 것으로 확인됐다. 취업의 질은 4대 보험 가입률을 보면 안다. 취업률의 문제를 보면 고졸 미취업자도 1주일에 1시간 이상만 일하면 취업자로 분류하고 있으며, 더 심각한 문제는 청년 구직 단념자가 2019년 들어 20만 5,000명으로 전체 구직 단념자인 53만 8000명의 38%를 차지했다는 것이다. 구직 단념자는 아예 일할 의사가 없는 사람으로 간주돼 공식적인 실업률 통계에서 빠진다.

지난달 한국경제신문 기사를 인용해보자.

수년간 학교 재학생을 채용해 온 중견기업 다섯 곳이 올해 직업계고 학생을 뽑지 않겠다고 연락해왔다. 당장 재학생 10여 명이 취업할 곳이 한꺼번에 사라지자 A교사를 비롯한 이 학교 선생님들은 두세 명이 짝을 지어 새로운 기업을 방문하고 있지만 분위기는 냉랭하다. A교사는 "지난해 현장실습 규제가 강화되고 최저임금이 크게 오르면서 기업들 사이에선 '이럴 거면 굳이 직업계고 학생을 채용할 필요가 없다'는 분위기가 팽배하다."라고 어려움을 토로했다.

마이스터고 교장을 하면 독특한 혜택이 있다. 해마다 시행하는 '국외직업 교육 탐색 연수' 이벤트이다. 10일가량을 해외에서 연수하는데, 해외직업 교육에 대하여 상세히 알 수 있는 기회가 주어진다.

내가 가본 해외 직업교육 기관은 학생들에게 직업 교육만 엄격하게 시킨다. 그 기관에 소속된 선생님이 학생을 취업시키지 않는다. 학생을 잘 교육시켜 자격을 취득하게 하면 기업에서 채용하거나 스스로 알아서 취업한다. 졸업과 동시에 취업할 필요도 없다. 취업률이 얼마인지 교육기관에서는 관심도 없고 잘 모른다. 물론 우리나라와 취업환경이 다를 수 있어 일률적인 비교는 어렵다고 생각된다.

위 경제신문의 인용 사례에서 보듯 우리나라는 직업계고 교장이나 취업 담당 선생님이 학생을 취업시켜야 하는 구조이다. 상당히 힘이 들고 어려운 과제이다. 마이스터고는 해마다 2월 말을 기준으로 취업률을 집계하고 있다. 이 취업률을 가지고 학교 평가를 하기 때문에 학교 측으로서는 취업률은 무엇보다 중요하다.

해마다 마이스터고의 평균 취업률이 90%가 넘는다고 앞에서 말한 바 있다. 4대 보험에 가입되어 있지 않은 취업은 취업으로 인정하지 않는다. 마이스터고 학생의 취업정보는 교육부의 '하이파이브(HIFIVE)'에 기록되며, 심지어 월급이 얼마인지도 알아볼 수 있다.

마이스터고는 특성화고와는 달리 원칙적으로 졸업 후 바로 대학에 진학하지 않고 전원 취업한다. 몇 년 전까지 특성화고는 주 18시간 이상 일하면 취업으로 간주해주어 마이스터고보다 훨씬 취업의 질이 낮다고 볼 수 있다.

취업한 학생은 그 직장이 싫더라도 취업이 집계되는 2월 말까지는 버텨야 한다. 학교 측의 요구가 있기 때문이다. 마이스터고 졸업 남학생은 취업 후 4년간 입대를 연기할 수 있으나 별 의미가 없는 제도이다. 어차피 군 복무는 국방의 의무이니까.

그리고 요즈음 고졸 취업생은 직장에 큰 미련을 두고 있지는 않은 것 같다. 공기업에 취업하면 그래도 오래 버티는데, 2017년 이후는 국가의 배려가 없어 마이스터고 학생도 공기업에 취업할 가능성이 매우 낮다.

또한 직업계고 졸업하면 19세인데도 선생님들이 취업률 때문에 무조건 취업하라고 권유한다. 아직 사회에 진출하기가 두려운 나이다. 대학에 간 친구들은 해외여행도 가는데, 자신의 처지와는 달라 보인다.

고졸이라도 원하는 연봉은 상당히 높다. 일부 공기업이나 대기업에 고용된 취업생은 생각보다 높은 연봉을 받는데, 중소기업으로 간 학생은 상대적인 박탈감으로 오래 근무하지 못한다. 남학생의 경우 결국은 군 입대 전까지의 취업은 경력으로 인정받지 못하기 때문에 일시적인 취업에 그칠 공산이 크다.

우리나라도 고등학교 졸업 시에 꼭 취업해 학교의 취업률을 올리는데 일조하는 무의미한 취업보다 자신이 진정으로 직업의 의미를 깨달을 때 취업하는 것을 권해야 한다. 우리나라 청년기 취업 시장은 고졸 취업이 높으면 전문대 졸업생의 취업률은 낮아지는 제로섬 게임이 일어나는 곳이다.

.

제2부

일간지 칼럼 모음

경제칼럼 / 교육칼럼 / 시사칼럼

제2부에 대하여

제2부는 오래전 대구산업정보대 재직 시에 일간지나 저널에 기고한 칼럼들로 구성해 보았습니다. 주로 2000년 이후 4년간 쓴 글이 대부분입니다. 여기에 실린 글들은 당시 칼럼의 일부로, 그나마 USB 파일에 남아 있어 싣게 되었습니다. 그러나 나머지 칼럼은 어디에 있는지 찾지 못하였습니다.

파일에 남아 있는 칼럼으로 제2부를 구성하는 것에 대해서는 많은 고민을 하였는데, 과연 17년 이상이나 지난 칼럼의 내용으로 책을 출간한다는 게 적절한지에 관한 것이었습니다. 원래 칼럼이 시사나 사회적 경향, 풍속을 주제로 쓴 글이어서 시간적인 영향을 많이 받습니다. 이 같은 관점에서 보면 제가 쓴 칼럼은 구닥다리이며, 내용이 너무 진부하지 않은가라는 생각이 머릿속을 떠나지 않았습니다. 그래서 장고를 거듭하다가 원점으로 돌아가 생각해보았습니다.

『욱수동에 살며』란 제목의 책을 만들려는 목적이 무엇이었던가? 다른 인기 작가처럼 많은 독자에게 시대상을 반영한 그 무엇을 주려고 책을 집필하려는 것은 아니지 않는가?'라는 생각을 했습니다. 에세이류의 책을 처음 출간하려는 목적이 '자신의 재발견'이었고, 내 책이 다른 사람에게 큰 영향을 주지 않는다는 생각으로 출간을 감행하게 되었습니다. 다만 이 글을 통해 제 글을 읽는 사람들에게 오래전의 사회적 이슈를 되돌아보는 기회를 줄 수 있다면 그것만으로도 큰 의미가 있지 않을까 하고 생각하였습니다.

제2부는 칼럼의 내용에 따라 경제, 교육, 시사 등 3개의 단락으로 나누어 편집하였습니다. 처음에 칼럼을 쓸 때 3종류로 나눠 쓴 것이 아니고, 지금에 와서 편의상 임의로 나누어 수록한 것입니다.

경제칼럼

고객서비스가 핵심이다

재테크는 재무관리에 대한 고도의 지식과 기술을 의미한다. 따라서 "5년 동안 1억 만들기" 혹은 "결혼 후 5년 안에 내 집 마련하기" 등의 주제는 재테크를 설명하고 활용하는 단골 메뉴이다. 그래서 재테크는 어떻게 하면 짧은 기간 내 일정 수준 이상으로 더 많은 돈을 모을 수 있는가에 초점이 맞추어져 있다. 이를 위해 각종 금융상품 활용, 주식투자, 부동산투자, 보험가입, 그리고 세금 줄이기 등 여러 재테크 방법이 동원된다.

그러나 이러한 방법들보다 더 확실하고 안정적인 재테크 방법은 '고객서비스'이다. 고객서비스가 무엇이며 그 중요성을 모르는 사람은 없겠지만, 이를 실질적인 재테크의 방편으로 활용하고 있는 사람은 드문 것 같다. 개인은 물론이거니와 골목 안 슈퍼마켓이나 식당, 인터넷 쇼핑몰 등 서비스업을 포함한 중소 사업체를 운영하는 사업자는 현재의 고객서비스보다 좀 더 나은 고객서비스를 제공하는 것이 최고의 재테크이다.

더 나은 고객서비스는 기존 고객의 이탈을 방지하고 수많은 잠재 고객을 실제 고객으로 끌어들이는 중요한 역할을 한다. 이는 고객서비스가 판매자와 구매자 사이에서 제품과 서비스를 교환하는 데 있어 부가가치를 창출시키기 때문이다.

여기서 고객서비스는 제품, 가격, 촉진 등의 제 요소를 조합해

옥수동에 살며

고객의 욕구를 충족시키는 마케팅적 고객서비스와 시간과 장소의 지속적인 효용을 제공하는 물류적 고객서비스를 말한다.

고객서비스는 고객 만족을 이끌어내는 견인차 역할을 한다. 고객 만족이 고객의 기대를 충족시켜주는 것이라 볼 때, 그 기대를 충족시켜주는 것이 고객서비스이며 이웃의 경쟁자보다 좀 더 나은 고객서비스 제공은 더 많은 이익을 창출하는 밑거름이 된다.

지금까지 사업자들은 기존 고객을 유지하는 것보다 새로운 고객을 창출하는 데 치중하였으며, 기존 고객과의 관계보다 새로운 고객과의 거래에 더 큰 관심을 두었다.

그러나 리히핼드(Reichheld)와 새스(Sasser)는 "고객 이탈률을 5% 정도 줄이면 25~80%의 이익을 증가시킬 수 있으며, 신규고객의 유치에 소요되는 비용은 기존고객 유지비용의 5배에 해당되는 엄청난 지출을 요한다."라고 하였다.

또한 한 연구에 따르면 "고객서비스에서 만족을 얻지 못한 고객의 91%는 절대로 그 기업의 제품을 재구매하지 않을 것이며, 그 고객은 최소한 9명에게 자신이 겪은 불쾌감을 이야기한다."라고 하였다. 그리고 블랜딩(Blanding)은 "서비스 수준에서의 5% 감소는 24%의 판매 감소를 가져온다."라고 하였다. 고객서비스의 중요성을 일깨우는 말이다.

사업자로서는 고객 이탈률을 줄이는 것이 바로 재테크이며, 이는 현재보다 좀 더 나은 고객서비스로부터 나온다. 바꿔 말하면, 사업을 통해 더 많은 돈을 벌기 위해서는 떠나는 고객보다 신규

고객이 많아야 하는데, 이를 달성하는 공격적 방법은 신규고객을 확보하는 것이고 방어적 방법은 기존고객의 이탈을 막는 것이다. 여기서 방어적 방법인 기존 고객의 이탈 방지가 바로 재테크이며, 이는 경쟁자보다 더 나은 고객서비스로부터 나온다.

〈2003년 9월 18일〉

옥수동에 살며

낙동강 프로젝트

민선3기인 조해녕 대구 시장이 취임하면서 내세운 가장 비중 있는 공약이 '낙동강 프로젝트'이다. 이것은 경부 운하를 건설하는 계획이다. 그는 프로젝트에 큰 기대를 걸고 있었으며, 구체적인 건설공사 기간 및 비용조달 방법까지도 언급하였다.

낙동강 프로젝트의 시초는 경남개발연구원의 '낙동강 유역의 수질 보존과 종합정비 방안', 세종연구원의 '우리나라 내륙운송 체계의 타당성 분석', 그리고 농어촌 진흥공사의 '5대강 수계통합과 21세기 물 문제 해결'에서 찾을 수 있다.

이런 기초자료를 통해 추진된 이 계획은 1977년 세종연구원에서 출간한 '경부·경안운하와 물류 혁명'이란 보고서에서 구체화되었으며, 이제 대구시에 의해 결실을 맺을 가능성이 보인다. 이 보고서는 한강과 낙동강을 연결하는 내륙운하를 건설하는 상세한 공사계획을 제시하면서 기술적인 문제는 충분히 해결할 수 있다고 언급하고 있으며, 비용도 골재 및 토사 채취 판매 수입으로 충당될 수 있다고 하였다.

그리고 프로젝트의 완성으로 수계를 통한 막대한 관광 부가가치를 창출할 수 있다고 하였으며, 또한 물 부족 사태 방지와 대기 오염 방지, 그리고 수질 개선 효과를 동시에 거둘 수 있다고도 하였다.

그러나 무엇보다 낙동강 프로젝트는 경제적인 관점에서 보아야 한다. 운하 건설은 서울-부산 간 운송비용이 부산-LA 간의 운송비용보다 높은 우리의 물류 현실을 해결할 수 있으며, 운하 건설로 인한 산업파급 효과가 엄청날 것으로 예상된다.

이러한 많은 장점에도 불구하고 반대 의견도 만만치 않다. 우선 예상되는 환경 파괴를 염려해야 하며, 지역 간의 이해도 조정되어야 하는 등 많은 난관이 있기 때문이다. 그러나 독일이나 네덜란드의 성공적인 사례에서 보듯, 예상되는 여러 문제점은 충분히 극복할 수 있으리라 사료된다.

우리나라는 여름에 강수량이 집중되고 하상계수가 큰 단점이 있지만, 운하 건설은 오히려 우리나라의 입지조건으로 보아 반드시 필요하다. 완성했을 때는 역사에 기록될 가치 있는 업적이 될 것이다. 대구시장은 프로젝트의 발표를 끝으로 흐지부지되게 하여서는 안 될 것이며, 프로젝트를 담당할 팀을 가동하는 등 다음 단계를 위한 구체적인 방안을 제시해야 한다.

정부도 국토면적, 인구, 그리고 경제적 비중이 우리나라의 75%를 차지하는 경부 축에 위치한 낙동강 프로젝트가 대구나 경북만의 일이 아님을 인식해야 할 것이다. 이 말은 국가적 차원에서 동북아 물류 중심국을 지향하는 연장선인 만큼, 정부도 적극 지원해야 함을 뜻한다. 이제 우리 모두가 낙동강 프로젝트의 성공적인 착수를 위해 힘을 모아야 할 때이다.

〈2002년 8월 22일〉

욱수동에 살며

농축산물의 브랜드화

농민들의 부가가치는 논과 밭에서 잘 키우고 기른 농축산물을 시장에서 높은 가격으로 판매할 때 창출된다. 공산품과는 달리 농축산품은 품질관리나 재고관리가 어렵고, 시장에서의 가격변동도 심하며, 또한 자연환경의 변화에도 쉽게 영향을 받는다. 더구나 1997년 7월 1일부터 농산물의 수입이 개방되었고 최근에는 한-칠레 FTA 타결이 임박한 상태다. 물론 농축산물에 대한 관세 할당이나 유예기간을 설정함으로써 불안 요소를 일부 제거하였으나 우리 농민들의 근심은 이만저만이 아니다.

전 세계 많은 기업들이 제품마케팅에서 브랜드를 귀중한 자산으로 여기는 것처럼, 국내 농축산물 생산업체들도 이러한 어려움을 극복하고 부가가치를 높이고자 '농축산물의 브랜드화'에 적극적으로 나서고 있다. 이는 농축산물의 공급과잉으로 소비자들의 구매 선택권이 다양해지면서 자신의 생산물을 차별화, 특화하는 전략의 일환이기도 하다.

농축산물의 브랜드화에 있어서 가장 큰 문제는 브랜드의 난립이다. 현재 전국적으로 4,900여 개의 브랜드가 만들어져 있는데, 브랜드의 생명인 식별 기능, 광고 기능, 자산 기능을 갖지 못하여 마케팅 비용만 낭비하고 있는 실정이며, 이 중 75%가 미등록 브랜드로 브랜드 자산을 가지지 못하고 있다. 더군다나 개발된 브랜드의 마케팅에는 거의 신경을 쓰지 않는다. 따라서 대부분의 경우 브랜드 마케팅 없이 개발한 브랜드를 생산물에 붙여서 유통시키는 수준을 넘지 못한다.

올해 10월에 열린 '전국 2003 농산물 파워브랜드 전시회'에 출품된 146종의 브랜드 중 '임금님표' 이천 쌀이 대상, 최우수상에는 '대왕님표' 여주 쌀이 선정되었다. 이같은 결과는 여러 번의 '쌀 품평회'에서 두 쌀의 품질 차이는 없다고 나타났지만, 여주군의 브랜드 촉진 정책 부재 및 대왕님표의 홍보 미흡으로 말미암아 이천 쌀인 임금님표가 대상에 선정된 것으로 보고 있다.

이는 시장에도 영향을 미쳐 대왕님표는 인증미 20kg이 52,000원에, 임금님표는 같은 무게의 쌀이 55,000원에 판매되고 있다. 이처럼 브랜드 자산의 차이에 따른 농민의 부가가치도 큰 차이가 나타남을 알 수 있다.

그러나 모든 농축산물의 브랜드화만이 부가가치를 높여 농민의 수익향상에 도움이 되는 것은 아니다. 품질에 대한 명성과 독특한 유통망을 가진 경우는 브랜드화하지 않아도 경쟁력을 가진다. 한 예로 홍천군 명동리에서 생산한 쌀은 환경농업의 표본으로 인식되어 고가로 전량 민간소비자 단체에 납품하고 있는 중이다.

시위로 수입농산물을 저지하는 것으로, 혹은 신토불이가 몸에 좋다는 광고로는 더 이상 농민의 부가가치가 보장될 수 없다. 이제 우리 농민들은 더 높은 부가가치를 위해 브랜드화에 좀 더 깊은 고민을 해야 한다. 즉흥적인 브랜드화는 시간과 비용만 낭비할 뿐이다.

〈 2003년 12월 12일 〉

욱수동에 살며

닷컴 경제

정보 통신기술의 발전에 힘입어 인터넷 기반의 디지털시대가 도래함으로써 세계 경제의 패턴이 급격히 변화하고 있다. 즉, '닷컴(dot com) 경제' 시대로 접어들고 있는 것이다. 디지털 기술은 방대한 용량의 정보를 압축하여 신속한 전송을 가능하게 하고 시공간의 제약을 받지 않기 때문에 전 세계를 상대로 기업 활동이 가능하게 된다.

닷컴 경제는 e-비즈니스로 불리며, e-비즈니스를 선점하기 위한 경쟁이 점점 치열해지고 있다. e-비즈니스는 전자상거래나 물류 분야 등 서비스 분야로의 이용뿐만 아니라 기존 산업에 인터넷이라는 새로운 산업 채널을 추가함으로써 더 많은 고객 확보와 시장 확대를 가능하게 한다. 이를 위하여 우선 기업·소비자 간 거래(B to C)보다 기업 간 거래(B to B)에 역점을 두어야 할 것이다.

세계의 선진기업들은 e-비즈니스를 2000년 핵심전략으로 채택하고 있으며, 누가 선점하느냐에 따라 21세기 기업의 성패가 좌우될 것이다. 제조부문도 예외가 아니다. GM과 같은 제조 대기업도 닷컴 경제 시대에 대비하기 위하여 1999년 8월에 e-GM 설립하였다.

닷컴 경제를 주도하는 정보통신 분야의 두드러진 현상 중 하나는 개별서비스 간의 경쟁에서 복합서비스 간의 경쟁으로 전환되고 있다는 것이다. 이 현상의 결과로 나타난 것이 기업 간의 구조 조정 일환인 M&A(Mergers & Acquisitions : 기업 인수와 합병)이다. M&A를 통하여 풍부한 콘텐츠로 서비스의 질적 향상 및 고속의 전송 능력을 확보하는 등 사업간 시너지(Synergy) 효과로 경쟁력을 높일 수 있기 때문이다.

국제적으로는 지난 1월의 AOL과 타임워너, 어센드 커뮤니케이션과 루슨트 테크놀로지가 합병하였고, 국내적으로는 새롬기술과 네이버컴 간의 합병을 들 수 있다. 닷컴 경제는 신기술로 무장한 벤처기업들이 주도하고 있으며, 최근 일각에서 일고 있는 벤처 거품론에도 불구하고 전 세계의 벤처 열풍은 상당 기간 지속될 것 같다.

닷컴 경제하에서는 제품의 국적보다 품질이 경쟁력을 좌우하며, 유통경로를 변화시켜 장기적으로 제조, 운송, 그리고 인터넷기업들이 각광을 받을 것이다.

이렇듯 닷컴 경제의 축인 인터넷 혁명은 시작되었으나 대부분의 기업들이 새로운 변화에 적극적인 대처를 하지 못하고 있는 실정이다. 온라인 사고로의 빠른 전환이 닷컴 경제에 적응할 수 있는 길이다.

〈2000년 3월 29일〉

옥수동에 살며

머니의 부자 되는 법

경제학이 궁극적으로 추구하는 유토피아는 경제학적 의미에서 모든 사람이 다 같이 잘사는 세상이다. 다시 말해, 다 부자가 되는 세상이다. 잘산다는 의미는 부족함이 없이 모든 사람이 자신의 욕구를 최대로 충족시킬 수 있다는 뜻이다.

그러나 이러한 유토피아는 존재할 수 없는 세상이다. 더군다나 세계화 시대에는 경제학의 원리나 이론으로는 설명할 수 없는 경제 현상이 발생하고 있는 것이 현실이다. 금리를 낮추어도 주식시장은 거꾸로 움직이고 경기는 하강하고 있다. 이에 대한 이유를 어떻게 설명할 것인가?

폴 오머로드(Paul Omerod)가 『경제학의 종언』에서 지적하였듯이 정통 경제학으로 경제를 움직이려는 것은 중세에 점성술로 사건을 예언했던 것과 마찬가지로 무모한 짓이란 것을 인정해야 할 것 같다.

그러나 경제가 원칙대로 움직이지 않는다고 부자가 되기 어려운 것은 아니다. 부자가 되는 경제의 가장 기본적인 원리는 변하지 않았다. 복잡한 회계를 이해해야 하고, 금융 전문가로부터 컨설팅을 받아야만 부자가 되는 것은 아니다. 필자는 아이들의 눈으로 경제를 바라보고 그대로 실천만 한다면 누구나 부자가 될 수 있을 것 같아 독일의 '보도 새퍼'(Bodo Schafer)가 지은 어린이 경제 동화 『열두 살에 부자가 된 키라』를 소개하고자 한다.

주인공 키라는 어느 날 말하는 개, 머니를 만나게 되어 부자가 되는 방법을 배우게 된다. 그 방법은 다음과 같다.

첫째, 부자가 되고 싶은 이유를 적으라는 것이다(예 : 컴퓨터 구입). 이것은 자신이 무엇을 원하는지 정확히 알지 못하면 행동할 수 없다는 것이다.

둘째, '소원 앨범'과 소원 상자를 만드는 것이다. 소원 앨범은 부자가 되고 싶은 이유와 관련 있는 그림을 앨범에 붙이고 매일 보면서 소원을 현실에서 이룰 수 있다고 믿는 용도이며, 소원 상자란 소원을 붙인 한 개의 저금통을 말한다(예 : 컴퓨터 그림을 앨범에 붙이고 저금통에 소원을 써 붙이는 것).

셋째, 매일 성공 일기를 쓰는 것이다. 이것은 소원을 성취하기 위해 개인적으로 성공한 것들을 매일 다섯 가지 이상 기록하는 것이며, 여기에는 성취를 위한 다짐이나 계획도 포함된다(예 : 수입의 50%는 저축하기로 함).

넷째, '황금알을 낳는 거위'를 잊지 말라는 것이다. 여기서 거위는 자신의 자산을 의미하고, 황금알이란 모아둔(투자한) 돈에서 나온 이자를 말한다. 거위가 있으면 돈이 나를 위해 일을 하게 된다는 뜻이다.

마지막으로, 실행해 보기 전에 미리 판단하지 말라는 것이다. 이는 실행하기 전 모든 게 제대로 되지 않을 것이라는 생각을 거듭할수록 더 많은 두려움이 생겨나기 때문에 시도만 하고 실행을 해보지 못하는 우를 범할 수 있다는 것이다.

이같은 방법을 통해 용돈을 관리하는 것조차 어려워했던 지극히 평범한 소녀 키라가 자신의 소원을 이루었을 뿐 아니라 많은 돈을 모으게 되었다는 이야기이다. 특히 기억나는 글귀는 등장인물인 '다일'이 꺼낸 "어린이면서도 어른보다 더 많은 돈을 벌 수 있었던 것은 자신이 할 수 있고, 알고 있고, 가지고 있는 것에 집중했기 때문이다. 반면, 어른들은 평생을 잘하지도 못하고 잘 알지도 못하는 것에 집중하며 시간을 보내버리지."란 말이다.

위에서 언급한 책은 어린이를 대상으로 한 동화이지만, 어른들에게도 많은 시사점을 제시한다. 부자가 되기 위해서는 '돈을 벌고 쓰는' 경제 지식이 필요하다. 이 지식은 교육에서 나온다. 사실, 한국의 젊은이들은 부자가 되기 위한 경제 교육을 거의 받지 않는다. 우리 사회가 돈보다는 공부만을 위한 교육을 강요하기 때문은 아닐까?

〈2003년 10월 16일〉

물류관리가 돈이다

물류란 "고객의 욕구를 만족시키기 위하여 원산지에서 소비지에게 이르기까지의 공급체인상의 제품과 정보의 쌍방향 흐름을 통제하고 관리하는 것"이라고 간단히 정의할 수 있다. 이런 물류 개념은 제2차 세계대전을 거치면서 확립된 군의 병참(兵站)에 관한 지식이 민간 기업에 적용되면서부터 시작되었다.

미국에서 '로지스틱스'(Logistics)로 불리는 물류는 1960년대 이후 마케팅에서 분리된 독립적인 학문으로 발전하였으며, 이후 인터넷 기술을 바탕으로 실제적으로 모든 기업이 경쟁력을 확보하는 수단으로 활용하고 있다. 1980년대에 일본에서 도입된 물류는 우리나라에서도 기업 경영에서 중요하게 활용하는 분야이며 일상 경제생활을 지배하는 친숙한 용어가 되었다.

현대의 물류는 로지스틱스에서 SCM(Supply Chain Management : 공급체인 관리) 의 개념으로 확대되고 있다. SCM은 공급체인 참여 기업들이 상호협력 관계를 구축하고, 정보기술을 활용하여 공급체인 전체의 비효율, 낭비 요소를 제거하여 공통의 비용 절감, 이익 증대 및 서비스 향상을 추구하고자 하는 전략이다.

아직도 물류를 '항만의 적체', '화물차량의 교통'이나 '비용이 발생하는 분야' 정도로만 이해하는 사람이 많다. 물류 활동 중 운송 부분의 비중이 가장 크고, 기업이 물류비용이 큰 부담이라는 사실을 보면 틀린 말은 아니다. 그러나 물류 관리는 기업에게 '제3의 이윤'을 창출해주는 제품이라는 사실을 간과하고 있다.

일례로 매출액이 1,000억이며 물류비가 매출액의 13%(130억), 당기 순이익은 매출액의 3%(30억)을 차지하고 있는 기업이 있다고 하자. 물류비를 10% 절감했을 시(물류비 117억, 제비용 840억, 순이익 43억) 매출은 1,433억으로 43.3% 증가하고, 20% 절감했을 시 매출은 1,866억으로 86.6% 증가한다.

단순한 예지만 물류비를 절감하지 않고 매출액을 43.3% 증가시키려면 생산량을 증대시켜야 하는데, 여기에는 더 많은 원재료 공급, 더 많은 노동력 투입, 각종 시설의 확장, 이에 수반되는 각종 물류비 증가 등을 고려해야 한다. 이 예에서 보듯 물류비 절감이 얼마나 큰 이익을 가져오는지 대략 가늠할 수 있다.

물류 활동을 기능적으로 분류하면 수·배송 물류, 하역 물류, 보관 물류, 포장 물류, 유통·가공 물류, 그리고 정보 물류로 대별할 수 있다. 물류 관리란 이러한 물류 활동을 시스템화·최적화하여 경쟁기업보다 높은 생산성 우위와 가치 우위를 확보하는 데 있다.

물류는 1가지 중요한 개념, 즉 총비용 개념을 바탕으로 하고 있다. 이 개념은 '트레이드 오프(Trade-offs)' 관점에서 발전되었다. 트레이드 오프란 '또 하나의 다른 이득을 얻기 위하여 어떤 이득을 포기하는 것으로, 한쪽을 추구하면 다른 쪽을 희생할 수밖에 없다고 하는 딜레마, 즉 상충'을 말한다.

총비용 개념은 개별 물류 활동의 높은 비용을 줄이는 데 초점을 두기보다 전체 비용을 줄이는 데 중점을 두면서, 한 부분의 높은 비용은 다른 부분의 낮은 비용으로 인한 이익증가로 상쇄하는 상호작용을 통해 각 활동의 균형을 유지함으로써 최적화하는 개념이다. 이 개념을 활용하면 비용은 줄이고 수익은 향상시킬 수 있다.

쉽게 설명하면, 비용을 줄이기 위해 물류 센터의 수를 줄인다면 재고 유지 비용과 보관 비용은 줄어들 것이나 총비용 개념에서 증가된 운송비를 고려해야 하며, 고객서비스 수준의 하락으로 인한 판매 감소를 생각해야 한다. 또한 이 상황에서 대량 구매로 인한 비용 절감 부분이 재고 유지 비용의 감소보다 클 수 있다는 사실이 총비용 개념이다.

즉, 고객서비스 수준을 높일수록 운송비, 주문 처리 비용 및 재고 관리 비용은 높아지나, 현재와 미래의 판매 상실 비용은 낮아진다. 따라서 총비용이 최저인 지점에서 물류 활동이 이루어져야 더 많은 수익을 올릴 수 있을 것이다. 이런 물류 관리는 시스템화를 요한다.

그러나 아직도 우리 주변에서는 물류의 중요성을 간과하여 생활의 불편함을 자초하거나 사업에서 실패하는 경우를 자주 볼 수 있다. 물류의 중요성을 깨닫고 시스템적으로 관리하는 기업이 성공할 수 있으며, 경쟁사보다 더 높은 수익률을 달성할 수 있다.

그러면 물류 관리가 어떻게 돈과 직결되는가. 바로 물류의 최종목표인 비용 절감과 고객서비스 향상을 통해서 고객 만족을 창

욱수동에 살며

출할 수 있기 때문이다. 고객을 만족시키는 기업은 타기업보다 경쟁 우위를 점하여 돈이 넘쳐난다.

작은 갈비식당을 예로 들어보자. 손님의 주문을 받는 과정에서부터 신선한 재료로 만든 음식을 공급하는 일, 철판 교환과 지속적인 사이드 메뉴의 공급, 생수나 야채의 보강, 결제 과정, 손님이 자리를 뜬 후의 식탁 관리에 이르기까지의 물류 관리가 시스템적으로 움직여야 한다.

짧은 시간 안에 손님의 주문과 주방의 공급이 원활하게 연결되어야 하며, 종업원의 업무분담과 책임 구역이 정해져야 한다. 이런 물류 시스템을 갖춘 식당은 항상 손님으로 북적인다. 그러나 이런 물류의 원칙이 없으면 종업원이 마구잡이로 일하며 바쁘기만 하지, 고객서비스는 개선되지 않고 인건비 등 쓸데없는 비용만 늘어나 돈을 벌 수가 없다.

사업 규모의 크고 작음을 떠나 물류를 기업경쟁력 향상의 도구로 활용해야 하며, 물류 관리가 기업의 이윤을 창조하고 부가가치를 높이는 경영의 핵심이어야 한다. 왜냐하면 물류 관리가 곧 돈이기 때문이다.

〈2003년 9월 2일〉

브랜드 '코리아'의 위상

　　세계 최고의 브랜드 가치를 지니고 있는 코카콜라는 800억 달러, 국내 최고인 삼성의 브랜드 가치는 50억 달러라고 한다. 잘 알고 있듯이, 브랜드명인 제록스(Xerox)가 '복사하다'란 일반 동사로 쓰인 지는 오래전의 일이다. 브랜드를 육성하지 않으면 그 기업의 미래는 없다. 왜냐하면, 브랜딩이 바로 마케팅이기 때문이다.

　　브랜드는 소비자 구매 결정에 크게 작용하며, '브랜드 로열티'(Brand royalty)는 소비자의 반복 구매를 증가시키고, '브랜드 파워'(Brand Power)는 시장 점유율과 마진을 결정한다. 따라서 기업은 자체의 목적을 달성하기 위하여 브랜드 자산의 구축에 역량을 집중한다.

　　한 기업의 브랜드파워는 그 기업에서 생산하는 모든 제품의 마케팅에 영향을 미치며, 한 국가의 브랜드파워는 그 국가가 생산하는 모든 제품의 마케팅에 영향을 미친다. '메이드 인 재팬'(Made in Japan)이나 '소니(Sony)' 브랜드가 세계 시장에서 무명의 일본 기업이 생산하는 제품까지도 우리나라의 일류 기업에서 생산한 제품보다 비싼 가격으로 팔리게 하고 있으며, 품질 면에서도 더 인정받게 하고 있음을 보아 왔다.

　　한국에게 있어서 이번 '2002년 FIFA 월드컵'이 브랜드 '코리아'를 알릴 수 있는 좋은 기회임이 틀림없다. 이미 정부와 기업은 다방면에 걸쳐 마케팅 전략을 세우고 있으며, 특히 경제적인 측면에서의 포스트 월드컵(Post World Cup) 대책에 부산하다. 정부와 기업은 성공적인 월드컵을 경제가 도약할 수 있는 제2의 계기로 삼아야 할 것이며, 이를 위해 가장 중요한 것은 이번 기회에 코리아 브랜드의 위상을 어떻게 성공적으로 업그레이드(upgrade)시키느냐이다.

월드컵을 통하여 긍정적으로 한국의 이미지를 제고할 수 있다면 세계 각국으로부터 코리아 브랜드 로열티가 생기며, 이는 코리아의 브랜드파워가 강해지게 된다는 것을 뜻한다. 다시 말해 코리아 브랜드 자산이 구축되는 것이다.

코리아 브랜드의 위상이 지금보다 높아진다면 가시적으로 수출이 늘어 국부가 증가함은 물론이거니와 정신적인 풍요함도 동반되어 세계 시민, 선진문화 시민으로서 당당히 살아갈 수 있을 것이다.

코리아 브랜드를 업그레이드시키기 위해서는 경제의 기초를 충실히 다지고 기업이 생산하는 제품의 품질도 향상시켜야 한다. 그러나 이보다 더 중요한 것은, 월드컵을 통해 다져진 사회 통합 분위기를 월드컵 후에도 지속되도록 하여 국가 경쟁력의 밑거름으로 활용하는 것이다.

그리고 '히딩크'의 사례에서 보듯, 정부와 민간 각 부문에서 개방과 공정한 경쟁의 원리를 도입한다면 코리아 브랜드의 자산은 더욱 빛날 것이다.

〈2002년 6월 25일〉

사업의 ABC

　　주위에서 "저 사람은 '사업 운'이 없어. 사람은 성실한데 말이야."란 얘기를 흔히 들을 수 있다. 어렵게 시작하는 사업마다 실패하는 탓에 측은하게 여기며 하는 말이다. 물론 사업에는 운(運)이 따라야 하지만, 운도 '사업의 ABC'를 아는 사람에게나 찾아온다.

　　마케팅 환경적인 측면(특히 사회적 환경)에서 비추어본다면 1990년 초반까지만 하더라도 우리나라에서는 대량 생산에 의한 대량 마케팅이 적용될 수 있는 시기였다. 이때까지는 유망한 업종을 골라 열심히 일하면 큰돈은 벌지 못하더라도 장사가 망하지 않고 그런대로 수입을 얻어 자식들 학교 교육시키며 먹고 살 수 있었다.

　　그러나 IMF 시기를 거치면서 삶의 방식이나 경제 체질에 큰 변화가 일어났고, 고객의 욕구 변화에 따른 시장도 급격히 변화하였다. 따라서 그저 열심히 하는 것만으로는 사업 자체의 생존을 유지하기도 힘들어진 세상이 도래한 것이다. '대량 마케팅 시대'에 가졌던 사고방식으로 사업을 한다면 실패할 확률이 매우 높다. 이제는 차별화 마케팅으로 시장에 접근해야 한다.

　　어떠한 사업을 하든 80%가량은 실패한다는 통계가 나와 있다. 모두 사업을 시작할 때 철저한 준비를 하지만, 대부분이 업종 및 위치 선정, 재무 관리, 상권 분석 쪽에만 치중하는 듯하다. 그

옥수동에 살며

러다 보니 위에서 언급한 사업의 ABC에는 소홀한 것 같다. 이 ABC가 바로 'STP 마케팅 전략'이며 차별화 마케팅 전략이다. STP는 누가 나의 고객인가, 그리고 고객이 무엇(어떤 효용)을 구매하는가를 규명하는 것으로부터 출발한다.

첫째, S는 '시장 세분화(Market Segmentation)'로 이질적인 욕구를 지닌 다양한 소비자를 포함하고 있는 시장을 비교적 특성이 비슷한 그룹으로 구분하는 것이다. 시장을 세분화하는 이유는 자사의 제품을 판매할 적합한 시장을 찾기 위함이며, 다양한 소비자의 욕구에 부응할 수 있는 제품을 개발할 수 있기 때문이다.

현대자동차가 차별화된 모델을 출시하여 전체 시장에 대한 경쟁력을 확보할 수 있는 이유도 시장 세분화 전략에 따른 것이다. 소규모 자영업자도 자사의 제품을 어느 시장을 대상으로 소구(訴求)할 것인지를 파악하기 위해서 필요한 것이 시장 세분화이다.

둘째, T는 표적 시장을 선정하는 것(Target Market)으로, 시장 세분화를 통하여 자신의 마케팅 능력으로 고객을 만족시킬 수 있는 시장을 찾는 것이다. 물론 세분된 시장은 충분한 수익이 창출될 수 있는 크기여야 한다. 소규모 사업의 경영자인 자영업자의 표적 시장 선정은 마케팅 노력을 분산시키지 않게 하나의 표적 시장을 집중적으로 공략하는 '집중화 마케팅'이 적합하다. 즉, 한 우물에 역량을 집중해야 성공하는 마케팅이다.

셋째, P는 포지셔닝(Positioning)으로 사업자가 제공하는 제품 및 서비스가 표적 시장에서 고객의 마음속에 정확히 인식되도록 하는 과정이다. 이는 자사 제품의 브랜드나 품질을 고객의 머릿속에 깊이 각인시켜 경쟁사의 제품과 차별화될 수 있도록 하는 것이다. 이는 될 수 있는 한 자신이 가진 경쟁 우위 요인을 이용하여 경쟁자와 차별화시켜야 한다.

차별화는 제품의 물리적 속성에 따른 '제품 차별화', 제품 차별화가 없는 경우는 '애프터 서비스'를 포함한 '서비스 차별화' 그리고 전문성을 지닌 종업원이나 서비스 교육을 받은 직원들에 의한 '인적 차별화' 등을 고려할 수 있다. 아무리 작은 골목식당을 운영하더라도 필요한 것이 포지셔닝 전략이다.

STP 전략은 사업의 ABC이며, 사업을 성공적으로 이끄는 마케팅의 핵심이다. 어렵지만 이를 성공적으로 수립한다면 이미 사업의 반은 성공한 것이며, 운이 없어 사업에 실패했다는 소리는 듣지 않을 것이다.

〈2003년 11월 26일〉

욱수동에 살며

여성의 e-비즈니스 창업

　　지금으로부터 15년 전쯤의 일이다. 미국에서 아침에 출근 중인 옆 자동차의 여성 운전자가 빨간 신호에 정차하는 짧은 순간에 거울을 쳐다보고 화장을 하며 머리를 매만지는 모습을 본 적이 있다. "무엇이 바빠 자동차 속에서 화장을 한단 말인가?"라고 잠시 의구심도 가졌지만, 곧 선진국의 경제 패턴에서만 볼 수 있는 광경으로 이해했다.

　　선진국의 경제 구조하에서는 웬만한 가정은 부부가 맞벌이를 하지 않고서는 적절히 살아가기 힘들게 되어있는 반면, 후진국은 가장의 단독 수입으로 온 가족이 별 무리 없이 지낼 수 있는 구조로 되어 있다.

　　1990년 중반 이후, 경제적 성장을 기반으로 한국에도 급격한 사회변동이 일어나고 있으며, 물질주의와 탈물질주의의 혼합형 가치관이 공존하고 있다. 이런 사회 변화 중 하나가 성(性) 역할에 대한 가치관이 변화하고 여성의 사회 참여가 확대되었다는 것이다. 인터넷의 발전이 개인의 사고방식이나 사회변혁에 큰 영향을 주어 이같은 변화가 가속되는 것은 아닐까?

　　통계청에 따르면 2003년 3월 기준 여성의 경제 활동 참가율은 48.2%이다. 이같이 높아지는 통계치는 남편의 수입만으로는 생활하기가 어려워 가계에 보탬이 되기 위해서, 또 사회상의 변화에 따라 여성 가장이 많이 생겨나고 있는 사실 외에도 여성이 자기 개발을 위하여 경제 활동에 참여하는 경우가 늘어남을 보여준다. 한국의 여성도 선진국의 여성들처럼 점차 바빠지고 있는 것이다.

최근 여성들이 경제 활동에 참여하는 분야로 인터넷 쇼핑몰 창업이 두드러진다. 이는 창업비용이 많이 들지 않고, 오프라인 상점처럼 고객과 일일이 대면하지 않아도 되며, 또한 하루에 3~4번 시간대를 정해 들어가 게시판과 주문 상황만 체크하면 되어 주부들이 가사를 돌보면서도 경영이 가능하기 때문이다. 일반적으로 창업 비용은 재고 비용을 제외하면 자체 쇼핑몰을 구축 한다 하더라도 2백만 원 미만이며, 매출액은 100만에서 5,000만 원까지 다양하다.

쇼핑몰을 포함한 국내의 e-비즈니스 시장 규모는 2002년 약 140조 규모이며, 2,500만 인터넷 이용자 중 25.2%가 전자상거래를 통하여 제품을 구입하였으며, 이중 B2C(기업과 소비자 직거래)는 1조 2,830억 원(2.9%)로 나타났다. 그리고 이 수치는 2001년에 비해 거의 10% 늘어난 것으로, e-비즈니스의 전망은 밝다고 할 수 있다.

성공적인 쇼핑몰을 운영하기 위해서는 가능한 최소의 투자 비용이 들어가는 형태로 시작하여 사업의 활성화에 맞춰 시스템을 업그레이드하는 지혜가 필요할 것이다. 초보자라면 포털 사이트에 입점하는 것이 좋으며, 경력을 쌓은 후 EC 호스팅이나 자체독립 서버를 구축하여 운영하는 것이 좋다.

컴퓨터 전문가만 쇼핑몰을 운영할 수 있는 것은 아니며, 초보자나 주부도 쉽게 쇼핑몰 사장이 될 수 있다. 먼저 주위의 대학이나 기관에서 연중 실시하는 '여성을 위한 쇼핑몰 창업 강좌'를 수강하는 것이 창업에 도움이 될 것이다. 이 강좌는 정부의 지원으로 무료로 실시되고 있으며, 약 2주 정도의 시간이 소요된다. 여기서는 쇼핑몰 창업 절차에서부터 쇼핑몰 구축 그리고 촉진하는 방법까지 실기와 이론을 병행하여 배우게 된다.

쇼핑몰 사업에 성공하기 위해서는 컴퓨터 지식이 아니라 성공하려는 의지와 함께 철저한 마케팅 사고를 갖는 것이 중요하다.

〈2003년 8월 6일〉

위기에 몰린 재래시장

국내 유통시장의 대변혁으로 인해 서민들이 즐겨 찾는 재래시장이 위기에 몰려 있다. 이러한 위기는 유통시장의 환경 변화, 경제 성장에 따른 고객의 소비 패턴의 변화, 그리고 전자상거래의 발달에도 기인하나, 가장 큰 요인은 신업태인 대형 할인점의 등장에 기인한다.

재래시장은 고객을 유인하는 여러 핵심 구매 편익 요소인 가격의 저렴함, 다양한 상품 구색, 신선 식품의 제공, 쾌적한 점포 분위기, 고객 서비스 및 주차시설 등에서 이미 대형 할인점에게 경쟁적 지위를 물려준 지 오래다.

지역의 대형 재래시장인 서문시장, 칠성시장은 그래도 사정이 나은 편이다. 이를 제외한 소규모 재래시장은 이미 문을 닫았거나 규모가 축소되어 근근이 명맥만 유지하고 있는 실정이다. 이러한 재래시장은 아직도 영세하고 경영의 전근대성을 벗어나지 못하고 있으며, 시설의 현대화는 상인들의 이해관계에 얽혀 어려움에 처해 있고, '규모의 경제(Economy of Scale)'를 저해하는 조직화 및 물류공동화가 잘 이루어지지 않고 있다.

국내에서 대형 할인점의 태동은 1993년 개점한 신세계의 'E-마트 창동점'이다. 대구 지역은 1996년에 개점한 '델타 클럽'이 최초이며, 현재 이를 포함한 총 6개의 대형 할인점이 영업 중에 있고 올해 '롯데 마그넷' 등 3개의 대형 할인점이 점포를 개설 중에 있다. 이같은 소식은 재래시장 상인에겐 큰 타격이 아닐 수 없다.

대형 할인점 태동 이전 재래시장은 백화점과 경쟁 관계로 각기 다른 뚜렷한 강점과 두터운 고객층을 가지고 있었으나, 라이프 스타일 변화와 더불어 대형 할인점의 등장으로 재래시장은 경쟁에서 제외되었고, 이제는 할인점과 백화점의 경쟁 구도로 변화했다. 재래시장은 이들과 경쟁하기 위한 다각적인 방안을 마련해야 한다. 우선 고객 밀착형 업소로 만드는 것이 필요하며, 백화점과 할인점이 간과하기 쉬운 틈새시장을 공략해야 한다.

재래시장의 발전은 시설의 현대화 및 공동마케팅 실시, 물류공동화를 통한 바잉파워(Buying power)의 강화, 그리고 유통정보화에 달려 있다. 이러한 발전 방안은 재래시장이 유통산업의 흐름에 빨리 부응하고 고객의 편에서 서비스를 제고해야 함을 뜻한다. 현대화, 전문화, 특성화된 재래시장이 되지 않을 경우 대형 소매점과의 경쟁에서 살아남지 못할 것이다.

〈2000년 4월 19일〉

주5일 근무제

　　정부 기관이나 산하 공공행정 기관의 '주5일 근무제' 시험 실시에 이어 은행권이 7월부터 주5일 근무를 실시한다고 한다. 국내에서 주5일 근무제나 '토요일 격주 휴무제'는 외국계 기업이나 일부 대기업에서 이미 실시하고 있는 제도이다.

　　이 제도로 인해 단기적으로 일부 생산·제조업 부문에서는 기업 활동이 위축될 수도 있으나, 관광업을 포함한 서비스 부문은 크게 발전할 것이다. 이웃 나라인 일본은 '삶의 질 향상'을 목적으로 1988년부터, 중국은 '내수 촉진 및 고용 증대'의 목적으로 1995년부터 주5일 근무를 실시하여 노·사 분쟁 격감, 생산성의 향상 등의 효과를 가져온 바 있다.

　　경제의 심장인 은행의 주5일 근무는 곧바로 제2금융권 및 콜 시장, 채권 시장으로의 파급이 불가피하며, 국민 생활의 질적 향상이나 고용 창출, 자기 개발을 통한 경쟁력 향상 등을 기치로 전 산업부문으로 급속히 확대될 것이다.

　　필자는 주5일 근무제의 확산이 무척이나 고무적인 일이며 하루빨리 정착되기를 바라고 있다. 그러나 문제는 노동생산성이다. 주5일 근무로 인하여 그나마 낮은 우리나라의 노동생산성이 더 하락해서는 안 될 것이다.

　　한국생산성본부에 따르면 2000년 우리나라 1인당 부가 가치 노동생산성이 3만 953달러로 25개 OECD 회원국 중 20위로 나타났다. 미국의 46.6%, 일본의 63.5%에 해당한다. 이러한 원인은 금융이나 물류 등 서비스 산업이 제대로 작동하지 못하고 있기 때문이며, 또한 경영관리시스템의 부실에 기인하는 노동자의 시간당 노동 강도가 약하기 때문이다.

예를 들어 은행에서 창구의 텔러(teller)만 바쁘고, 바로 뒷줄에 앉아 있는 윗선은 가끔 도장 찍는 업무만 수행하는 현실에서는 노동생산성의 향상을 기대하기 어렵다. 근무시간 중 사적인 볼일을 보거나 친구를 만나는 근무 관행으로는 선진국의 노동생산성을 따라잡을 수 없다.

따라서 성공적인 주5일 근무의 정착을 위해 자기가 맡은 부문에서 최선을 다해 책임을 완수하고, 직업윤리에 근거한 신지식 노동자가 되어야 하며, 또 근로자 스스로 사고방식의 전환과 함께 자신이 생각한 바를 창조적으로 실행하는 노동자가 되어야 한다.

이제 우리나라가 처한 환경과 국민의 의식수준으로 볼 때, 최근의 주5일 근무의 시행은 오히려 늦은 감이 있다. 미국에서는 금요일에 매스컴이나 사람들로부터 TGIF(Thanks God It's Friday)란 말을 자주 들을 수 있다.

이런 말을 하는 것은 월요일부터 금요일까지 강도 높게 일하다 보니 휴식이 필요하고, 바로 금요일이 쉴 수 있다는 희망을 주는 날이기 때문이다. 주중에 열심히 일하지 않으면 금요일이 그렇게 절실히 기다려지지 않는다. 여러분이 금요일에 당당히 TGIF라고 할 수 있다면, 우리의 주5일 근무제는 성공한 것이다.

〈2002년 5월 27일〉

투잡스(Two Jobs)의 허와 실

'투잡스'란 종사하고 있는 직업이 2개인 경우로, 주로 본업을 영위하고 있는 가운데 여러 이유 등으로 부업을 갖는 상태를 말한다. 즉 풀타임과 파트타임 잡의 겸업을 말한다.

"국내 모 재벌기업에 다니는 김 모 대리(32), 매일 오후 7시 퇴근과 동시에 그가 가는 곳이 있다. 서울 강남구 신사동에 있는 커피 전문점이다. 회사 규정상 다른 직업을 가질 수가 없어 사업자 등록은 다른 사람 앞으로 돼 있지만, 실질적인 주인은 김 대리다.

저녁 7시 반부터 11시까지 일하고 귀가하는 시간은 밤 12시 정도. 그래도 그는 불만이 없다. 즐기면서 하는 일이기 때문이다. 주말엔 커피 전문점에서 대부분 시간을 보내며, 음악도 즐기면서 짭짤한 수입도 올리고 있다. 현재 김 대리가 직장에서 받는 연봉은 3,000만 원에 달한다. 여기에다 부업을 운영해 들어오는 수입이 인건비, 운영비를 제외하고도 한 달 평균 300만 원이나 된다."

이상은 모 인터넷 사이트에 '24시간 모자라요'란 제목으로 올라온 기사 내용이다.

투잡스의 장점은 첫째, 좀 더 많은 돈을 벌 수 있다는 점, 둘째, 자기의 취미나 특기를 살릴 수 있다는 점, 셋째, 평생직장이 보장되지 않는 현재 언제든지 본업으로 전환이 가능하다는 점, 넷째, 주5일제 근무 등으로 인한 여유시간을 활용할 수 있다는 점이다.

옥수동에 살며

이러한 장점으로 선진국에서는 투잡스가 일반인들에게 보편화되었다. 한 예로 한인교포들이 이민 초기에 투잡스로 경제적 기반을 빠르게 마련한 것은 익히 들어 알고 있는 사실이다.

우리나라에서도 투잡스는 직장인들 사이에서 새로운 직업 트랜드로 자리 잡아가고 있다. 이런 현상은 직장인이나 비정규직 근로자뿐만 아니라 결혼 혹은 육아 문제로 직장을 떠난 주부들에게도 나타나고 있다.

최근 한 구인·구직 포털 사이트가 남녀 4,035명을 대상으로 조사한 설문조사에서 94.7%가 부업에 대해 긍정적이며, 10.5%인 423명이 실제로 부업을 하고 있다고 응답했다. 또한, 부업을 하는 이유로는 70.7%가 경제적 목적을 들었으며, 부업을 통해 얻는 수입은 월 50~99만 원이 31%로 가장 많았고, 100~199만 원이 26%로 그다음이었다.

현실적으로 한국의 기업문화에서 투잡스 족이 되는 것이 쉽지 않다. 이는 퇴근 시간이 일정하지 않기 때문이며, 정시에 퇴근하는 직장인조차 투잡스의 필요성에도 불구하고 체면 때문에 선뜻 시작하지 못하는 경우가 많기 때문이다.

그러나 환경이 허락하고 투자에 대한 위험을 줄이면서 현재보다 좀 더 윤택한 생활을 원한다면 투잡스를 하는 것이 좋은 방법이다. 투잡스 족이 되는 필요조건은 자신들의 의지와 부지런함이다.

그러나 풀타임으로 일하면서 재정적인 이유 등으로 두 번째 잡을 갖는 것은 단기간은 몰라도 장기적으로 종사할 경우 문제가 발생할 수도 있음을 알아야 한다. 왜냐하면, 한국의 직장 문화가 직원이 2개의 잡 활동을 하는 것을 반기지 않기 때문이다.

우선 투잡스가 되기 전 부업 활동이 본업에 해가 되지 않는지 살펴보아야 한다. 부업 대신 본업에 더 충실하여 회사에서 승진과 봉급의 증액을 바라볼 수도 있고, 본업에서 열심히 일한 경험을 살려 전직으로 부업 이상의 효과를 기대할 수도 있기 때문이다.

투잡스의 아이템으로는 무점포 창업 분야인 자판기나 노점 카페, 네트워크 마케팅 등이 있고, 컴퓨터를 이용한 소호(SOHO)업종, 자격증을 이용한 음식배달 전문점, 컨설팅업, 주말 여행가이드 등이 있으며, 기능 분야인 대리운전, 주방 보조원, 청소업 등이 있다.

이밖에도 자기의 취미와 특기를 고려하여 수없이 많은 투잡스에 도전할 수 있다. 투잡스를 희망하는 사람들은 여러 가지 조언을 인터넷 사이트에서도 구할 수 있다.

투잡스를 하는 것도 업종에 따라 치밀한 사전 준비와 장기적 계획이 필요하며, 단순히 경제적 목적에서 시작하더라도 장래에 현 직업을 대신할 가능성이 있는 업종을 선택하는 것이 중요하다. 그리고 아무리 부업이라 하더라도 직종과 관련하여 꾸준히 능력을 개발하고 자신을 관리하는 것이 투잡스에서 성공하는 길이며 이는 국가 경제에도 도움이 될 것이다.

〈2003년 8월 19일〉

욱수동에 살며

프랜차이즈를 통한 창업

'유통경로'란 제조업체로부터 최종소비자에게로 상품 및 서비스를 이동시키는 과정에 참여하는 조직이나 개인들, 즉 중간상을 지칭한다. 전통적인 유통경로는 제조업체-도매상-소매상-소비자의 단계를 거치면서 다른 경로 구성원의 경로 성과나 마케팅 기능에 거의 관심을 가지지 않고, 자기들에게 주어진 마케팅 기능만 수행한다.

이런 단점을 보완한 '수직적 마케팅시스템'은 운영상의 경제성과 시장에 대한 최대한의 영향력을 획득하기 위해 수직적으로 통합되며, 본부에 의해 설계된 네트워크 형태의 경로 조직을 가진다.

수직적 통합은 무질서하게 산재된 도·소매상들의 관계를 강화하고 유통경로에 대한 통제력을 강화하여 유통 기능 수행의 경제성을 달성하게 된다. '프랜차이즈'(Franchise)는 수직적 마케팅 시스템을 채택하는 유형의 사업방식이다.

프랜차이즈 시스템은 가맹점 본부가 가맹점에게 특정 지역에서 일정기간 동안 독점적으로 영업할 수 있는 특전과 각종 지원을 해주고 그 대가로 로열티(Royalty)를 받는 제도이다. 즉, 본부가 자기의 브랜드 및 경영 노하우의 사용권을 가맹점에게 제공하고, 가맹점은 이러한 상품이나 서비스를 판매하고 사업을 수행하게 되는 것이다.

우리나라에서 가장 성행하는 프랜차이즈 유형은 서비스 회사-소매상 프랜차이즈 형태로 외식산업(멕시칸 치킨, 장터국수, 투다리) 등이 이에 속하며, 미국의 자동차 대여 산업(Avis, Hertz)이나 인스턴트 식품 산업(맥도널드, 버거킹) 등이 그 예이다.

프랜차이즈를 통한 창업의 경우, 기본적인 것은 본사가 관리해주므로 창업에 대한 두려움이 줄어들 수 있으며, 또한 개업 시의 시간과 노력이 적게 들고 개업 후에도 안정된 수입을 얻기 쉬운 장점이 있다.

따라서 대학 졸업생이나 조기 퇴직으로 새로운 사업을 구상하고 있는 사람에게는 특정 분야의 경험이 없더라도 충분히 관심 분야로 진출할 수 있는 방법을 제시해주는 시스템이다.

그러나 프랜차이즈 가맹점으로 가입하기 전에 회사 안전성을 뜻하는 프랜차이즈의 역사와 가맹점의 수 및 평균 실적(매출액 및 순수익)이 정확한지, 소송 및 분쟁의 사례는 없는지, 제공되는 노하우에 대해 가맹료나 로열티는 균형이 잡혀 있는지, 독점권 및 영업권의 보호 및 점포 운영의 자율성 허용범위 그리고 계약의 적절성 및 교육·홍보 프로그램의 운영 정도 등을 철저히 점검해 보아야 한다.

이와 더불어 한국 프랜차이즈 협회에 자문을 요청하거나 직접 프랜차이즈를 운영하고 있는 점주들의 실제 경험담을 들어보는 것도 중요하다.

프랜차이즈를 통한 자영업을 준비하는 예비 창업자가 가장 비중을 두어야 할 부분이 바로 창업 아이템에 관한 문제이다. 쇠퇴기

옥수동에 살며

의 업종이나 경쟁 포화 상태의 업종은 피해야 한다. 그리고 유망 아이템을 선정한 경우일지라도 선정 자체가 성공으로 이어지는 것은 아니다.

프랜차이즈라는 형식에는 많은 장점이 있지만, 프랜차이즈는 단지 점포의 운영 방식일 뿐이다. 당연히 자신만의 마케팅 노하우의 개발이 필요하다. 같은 아이템으로 운영되고 있는 프랜차이즈 점포들 중 일부는 성공적으로 운영되는 반면, 반대로 실패한 점포들도 많이 있기 때문이다.

〈2003년 11월 12일〉

교육칼럼

대학 신입생 모집의 파행

　　최근 4년제 대학을 포함한 전문대학들이 극심한 학생 모집난을 겪으면서 이들 대학이 처한 상황이 사회적으로 큰 이슈가 되고 있다. 신입생 모집에 있어 수도권 대학보다 지방 대학이, 국립보다는 사립 대학이, 4년제 대학보다 전문대학이 더 불리한 조건에 처해 있다.

　　전문대학교육협의회에 의하면 2003년 전국 156개의 전문대가 전체 모집 정원인 28만 4천 8백 69명의 17.6%에 해당하는 5만 1백 72명을 채우지 못한 것으로 나타났다. 이는 지난해 미충원 인원인 2만 2천 8백 58명보다 배 이상 증가한 것이다. 통계상으로는 17.6%이지만, 지역적으로 봤을 때 전·남북, 경북권 전문대학의 경우 정원의 50%도 채우지 못한 전문대학이 속출하였다.

　　따라서 존폐의 위기에 몰린 대학의 신입생 유치 활동은 입시철을 포함하여 연중 계속되고 있다. 교육부가 대학 신설을 무제한 허용한 것이 현재의 상황을 초래한 주원인이라 하더라도, 신자유주의에 입각한 시장경제 원리를 대학에 적용시켜 작금의 사태를 불구경하듯 바라보고 있는 현실이 너무나 안타깝다. 대학의 존폐를 떠나 이로 인한 '대학교육의 파행'이 너무나 심각하기 때문이다.

　　단, 이 글에서 언급한 대학교육의 파행은 일부 '경쟁력이 없는 전문대학이나 4년제 하위권 대학'에서 발생하는 일이며 모든 대학에 적용시켜서 말하는 것은 아니다.

이들 대학의 교육 시스템은 분명히 무언가 크게 잘못되어 있다. 하지만 교육 당국자나 학교 측도 이러한 상황을 외면하고 있으며, 점차 이러한 비정상이 현 상황과의 타협으로 인해 정상적인 것으로 비치기까지 한다.

일부 대학의 교수들은 학교 당국의 지시로 수업은 뒷전으로 미루고 학생 유치에만 전력을 투구하고 있는 실정이다. 또한 교수의 교육 능력이 유치한 학생 수로 평가되는 것은 이미 오래전의 얘기이며, 신입생 유치 과정에서 우려할 만큼 비교육적인 거래가 이루어지고 있다는 것도 엄연한 사실이다.

또한 평생교육의 일환으로 도입한 대학의 '산업체위탁교육제도'는 교육 파행을 부채질하고 있다. 산업체 위탁생으로 입학한 학생들은 교수나 제3자의 권유로 입학한 경우가 대부분이다. 이 제도는 각 대학에서 시행하고 있는 특별전형과 중복되는 제도일 뿐만 아니라, 대학이 학생이 입학만 하면 졸업장을 주는 제도로 변질시켰다는 데 그 문제점이 있다.

학문적인 수고와 노력 없이 등록금만 내고 졸업장을 받아 가는… 가장 정직하고 도덕적이어야 할 교육의 현장이 부정으로 왜곡된다면 앞으로의 사회정의가 바로 설 수 있겠는가?

학생 모집 미달 시대에 입학한 학생들에 대한 학사 관리도 엉망이다. 특정과목에서 '출석 미달'이 발생해도 다음 학기 '등록 포기' 사태를 예방하기 위하여 학점을 준다는 것이다. 전 세계 선·후

욱수동에 살며

진국을 막론하고 대학 교육을 받을 능력이 없는 학생이 대학에 입학할 수 있으며, 그러한 학생에게 후한 학점을 주어 졸업시키는 유일한 나라가 대한민국이다. 이제는 부실 대학의 교실 붕괴를 걱정해야 하는 기막힌 현실이 된 것이다.

더 큰 문제는 일부 대학에서 학생 유치만 염두에 둔 '전공 개설'이 봇물을 이루고 있다는 점이다. 일부 대학의 경우, 전공(專攻)의 수명이 1~2년이고, 개설되는 전공이 수시로 바뀌고 있다. 기술이나 산업화의 변화속도보다도 더 빠르게 바뀌고 있는 실정이다.

'(전문)학사학위과정'은 단기적인 훈련이나 자격 습득 과정과 분명히 달라야 한다. 그러나 일부 '신입생 유치용 전공'은 3~6개월만으로도 충분히 이수할 과정을 2~4년의 과정으로 늘려놓아 시간과 돈을 낭비하게 하고 있다. 이러한 상황에서 교수들이 새로 개설된 전공을 가르친다는 것은 매우 어렵거니와 깊이 있는 교육은 불가능하다.

위에서 언급한 교육적 파행은 그 일부분이며, 대부분 신입생 모집 미달 사태에서 연유하는 바가 크다. 앞으로 5~10년 동안 이루어질 4년제를 포함한 대학의 구조조정은 많은 교육적인 문제점을 노출시킬 것이다.

이제 교육부는 이러한 대학의 구조조정을 시장원리에 맡겨놓고 방관하는 자세를 취하지 말고 교육 파행이나 비교육적인 사태의 발생을 최소화할 수 있도록 조처해야 할 것이다.

〈2003년 8월 6일〉

대학 기여입학제
필요하다

　　지난 3월 연세대에 의해 제기된 '대학 기여입학제' 도입에 관한 논란이 여전히 지속되고 있다. 정부 측의 재정경제부와 산업자원부는 기여입학제의 단계적 도입을 제안하고 나섰으며, 한국개발연구원(KDI)도 사립 대학의 재원확보를 위해 기여입학제를 점차 허용하는 것이 바람직하다는 견해를 밝혔다. 단, 산업자원부는 이공계 기술 인력의 원활한 수급을 위해 기부금을 이공계 장학금과 시설 확충에 사용한다는 전제를 바탕으로 기여 입학제를 찬동하고 있다.

　　그러나 주무부서인 교육부는 기여입학제에 대해서 '국민 계층 간의 위화감 조성 및 시기상조'임을 내세워 단호하게 반대 입장을 표명했다. 하지만 내 생각에는 대학 기여입학제의 신속한 도입이 세계화 시대에서 한국의 대학들이 경쟁우위를 확보할 수 있는 최선의 방법이라고 본다.

　　대부분의 국내 대학은 법인전입금, 국고보조금 및 등록금에 의존해 학교를 경영하는데, 등록금 의존율이 평균 70%에 이른다는 점이 대학의 미래를 어둡게 한다.

　　일반적으로 기여입학제를 찬성하는 이유는 대학 재정의 확보로 대학 발전에 기여할 수 있다는 점이며, 반대 이유로는 사회적 위

옥수동에 살며

화감 조성 및 대학 서열화의 조장 등이 있다. 현재로서는 기여입학제 도입에 대해 반대하는 이들의 비중이 큰 것이 사실이나, 지난해보다는 반대 여론이 수그러진 편이다.

대학 기여입학제의 실시가 사회적인 문제를 발생시킨다고 무조건 도입을 반대하거나 시기상조라고 하는 논리는 수용하기 어렵다. 기여입학제를 반대하는 가장 근본적인 원인은 바로 사회현상에 승복하지 않겠다는 심리상태의 만연이다.

1980년대 이후 미국식 자본주의의 산물인 '신자유주의'와 '신보수주의'의 영향으로 우리의 삶이 크게 변화했음에도 불구하고 개인의 우열을 당연시하는 이러한 주의를 일부 국민이 수용하지 못한 데 있다.

다시 말해 다른 사람의 우수성이나 노력을 인정하려 들지 않으려는 심리가 팽배해 있으며, 자기의 환경이나 능력은 고려하지 않고 무조건 남과 같아져야 한다는 발상, 즉 잘못된 평등주의 때문이다.

돈 있는 사람이 대학의 발전을 위해 대학에 기부하고 충분한 지적 능력을 가진 그들의 후손이 그 대학에 입학하는 것을 왜곡된 눈으로 보지 않아야 한다. 이것은 불평등이 아니다. 개인 간의 능력 차이는 분명히 있으며, 자신의 무능함을 사회구조의 잘못으로 돌리고 무조건 평등화시키지 말아야 할 것이다.

대학에 기여하는 사람들은 그 자체로 대학이나 사회에 큰 공헌을 한 사람이기는 하나, 이를 빌미로 수학능력이 없는 후손이 대학에 입학시키는 일은 없어야 한다. 대학 측에서는 대학의 재정난을 국민이 납득하도록 이해시키고, 기여 입학제 도입 시에 발생할 문제점이 최소화되도록 사전 준비를 철저히 해야 할 것이다.

〈2002년 6월 10일〉

옥수동에 살며

대학의 질적 경쟁력

현재 전국의 대학 수는 전문대, 교육대를 포함하여 350여 개로 1990년 240여 개와 비교하여 급격히 증가하였다. 내년인 2003년 대학 입시에서는 고교 졸업생이 7만여 명 줄어 사상 처음으로 신입생이 대학 정원보다 적어지는 현상이 발생할 것이라 한다. 이미 2002학년도 4년제 대학의 미충원율이 5.5%, 전문대학의 미충원율이 7.75%로 나타난 바 있다.

대학가의 미확인 보도에 의하면, 4년제 대학에서도 미충원율이 50% 이하인 대학이 3~4개나 되고, 70% 이하인 대학도 30~40개나 된다고 한다. 이제야 교육부도 대학 설립 요건을 강화하고 대학 정원도 예외적인 경우를 제외하고는 동결할 것이라고 발표했다.

우리나라에는 왜 경쟁성이 없는 대학들이 우후죽순 세워졌는가? 이는 1995년에 제정된 '대학설립준칙'에 따라 바로 그다음 해부터 대학 설립이 자유로워졌기 때문이다.

준칙의 주요 내용을 보면, 한 대학의 설립 기준이 총 정원 5,000명 이상에서 1,000명으로, 학과 수는 25개 이상에서 1개 이상으로 완화되었다. 그리고 재원도 1,200억 원 이상에서 더 이상 규정을 두지 않게 바뀌었고, 소요 부지도 10만 평에서 계열별로 완화하였다. 그 결과 교육의 사명감이 없는 사람도, 사회적으로 명예가 필요한 사람도 모두 대학을 설립할 수 있게 되었다.

대학설립준칙은 '교육의 질'이란 면에서 볼 때 깊은 고민 없이 즉흥적으로 발상한 졸작이다. 이것은 경제 현상의 변화를 교육에 적용시킨 사려 깊지 못한 정책으로 작금의 혼란을 초래한 원인이 된다. 준칙을 기안한 사람들은 대학 수가 많아져 경쟁하게 되면 입시난이 완화되고 대학 교육의 품질이 높아질 것이라 생각하고 있었다.

그들은 경제 구조도 '소품종 대량생산'에서 '다품종 소량생산'으로 변화하니 교육도 그렇게 변해야 한다고 생각했다. 대한민국의 '교육'을 모르는 무지한 발상이 아닌가? 이들이 말하는 '대학교육의 정예화'니 '소규모 특성화'란 말은 대학 교육이 무엇인지, 대학의 발전 시스템의 구성요건이 무엇인지를 모르고 하는 말이다.

수요와 공급의 일치라는 시장경제 논리로 볼 때, 경쟁성이 없는 대학은 특단의 조치가 없는 한 교육 시장에서 퇴출될 수밖에 없다. 수요가 공급보다도 많은 상황을 가정하더라도 '대학의 경쟁력'이 '국가의 경쟁력'이라는 관점에서 볼 때 현실에 안주할 수 있는 시기는 지나갔으며 대학의 구조조정은 차분히, 그리고 시급히 시작되어야 한다.

이런 환경에서 대학들도 수요자 중심 교육을 강화하고 특성화, 전문화를 지향하고 있으며 자체의 질 관리를 위해 교수 업적 평가, 학생 성취 평가, 대학의 구조나 체제의 효율성 평가 등을 실시하고 있다. 또한 교수들이 어떻게 해야 잘 가르칠 수 있는지에 대해서 각각의 대학이 많은 고민을 하고 있는 것 같다.

교수 업적 평가나 대학의 구조나 체제의 효율성 평가에 있어서는 사회적 공론화 및 많은 경쟁 체제의 도입을 통하여 큰 변화를 보이고 있다. 즉, SCI나 SSCI의 논문 게재 수가 많아진다거나, 국제적인 평가 기준의 도입 등으로 대부분 대학의 구조나 체제에 많은 긍정적인 변화가 일어난 것들이다. 그러나 학생 성취 평가 면에서는 아직도 큰 변화가 일어나지 않고 있다. 소위 몇몇 일류 대학에서 토플 점수로 졸업을 제한하고 있는 정도이다.

　대부분의 4년제 대학이나 전문대학의 학생 성취 평가는 교수에 의해 이루어지고, 또한 학점에 의해 평가된다. 공부가 뒷전인 학생들을 졸업시켜서는 안 될 것이다. 즉, 입학이 곧 졸업의 보장이어서는 안 된다. 실력 없는 학생들이 대학 졸업장을 가지고 사회에 진출하는 일은 없어야 한다. 지구상에서 대학 졸업장을 따기 가장 쉬운 나라가 대한민국이라는 오명은 씻어야 한다.

　엄격한 학점관리는 학생에 의한 교수 평가, 미충원이 늘어나는 요즘 현실에서 적용하기가 쉽지 않다. 왜냐하면 입학 원서만 넣으면 입학이 가능한 경쟁력이 없는 대학의 경우 엄격한 학점관리는 입학생 감소와 재학생 등록률을 떨어뜨리는 요인이기 때문이다. 그렇기에 대학 자체에서도 꺼리는 학사관리 방법인 것이다. 그러나 느슨한 학점관리는 대한민국 대학의 경쟁력만 떨어뜨릴 뿐이다.

　이 밖에도 학점 인플레를 차단하고, 국내 입학생 감소로 인한 자격 미달 외국 유학생들의 무분별한 입학 및 졸업을 방지하고, 대학 서열을 구조화시키는 모순을 제거하여야 한다.

대학 수학 능력이 있는 학생만 대학에 지원할 수 있게 대학 입학 자격을 상향시키고, 또한 전문대학을 일반대학과 차별화하여 직업교육 특성화 대학으로 발전시키는 것 등이 대학의 질적 경쟁력을 높일 수 있는 방안이 될 수 있다. 나아가 교육부의 대학 학사 행정에 대한 부당간섭이 배제하고 대학 자율 경영 체제를 보장한다면 빠르게 국내 대학들의 경쟁력이 향상될 것이다.

〈2002년 7월 9일〉

욱수동에 살며

도서관에 투자하세요

대학 시절에 교내에서 가장 보기 좋았던 광경은 예쁜 여학생이 도서관에 다소곳이 앉아 열심히 공부하는 모습이었던 것으로 기억한다. 내가 공부에 소홀했으니 상대적으로 열심히 공부하는 학생의 모습이 인상적일 수도 있었으리라 생각한다. 지금도 직업상 강의실이나 도서관에서 열심히 공부하는 학생들을 바라볼 때 가장 흐뭇해진다.

이번 4월 12일부터 4월 18일까지는 제39회 '도서관 주간'이다. 이 행사는 유네스코가 정한 '세계 책과 저작권의 날'을 기념하기 각 도서관별로 실시하는 주간 행사이다.

도서관과 출판계 등에서는 각종 이벤트와 홍보 활동을 벌이고 있으나 "도서관에서 자라는 아이들이 우리의 희망입니다."와 "도서관이 국민과 함께 참여 시대를 열어갑니다."란 표어가 무색하리만큼 형식적이고 의례적이어서 일반 국민이 도서관의 필요성과 중요성을 피부로 느끼지 못하고 있는 것 같다.

도서관 협회에 따르면 2002년 국민 1인당 장서 수는 덴마크 3.27권, 미국과 노르웨이 2권, 프랑스 1권, 일본 0.9권임에 비해 우리나라는 0.2권에 불과하다. 현재 우리나라에는 460여 개의 공공도서관이 있어 16만 명당 1개꼴로, 선진국의 평균인 4~5만 명당 1개꼴에도 못 미치고 있다.

도서관 수의 절대 부족은 물론, 좌석 수도 턱없이 부족하며 예산도 선진국에 비해 비교할 수 없을 정도로 작다. 그러나 해마다 공공도서관을 포함한 전국의 도서관 수, 종사 직원 수, 도서관 이용자 수 및 투입예산 등이 해마다 증가하여 매우 고무적이다.

현재 대구시에 있는 도서관 중 학교 기관과 관청 소속을 제외한 순수 공공도서관은 12개이며 경북은 50개이다. 250만 대구시민이나 경북도민이 이용하기엔 부족하다. 그나마 대학 도서관과는 달리 쉽게 방문할 수 있는 공공도서관은 '시민의 독서 공간'이나 '정보나 교양의 습득 공간'으로서의 역할보다는 인근 지역의 취업준비생의 토익 공부 장소나, 고교생의 학기말 시험 준비 장소로 더 많이 활용되어 도서관 본래의 기능을 다 하지 못하고 있다.

다행인 것은 구청들이 조그만 버스를 개조한 '이동도서관'을 운영하고 있다는 사실이다. 도서관이 멀리 떨어져 있거나 시간적으로 갈 수 없는 사람들에게는 큰 도움이 될 것 같다. 그러나 이 또한 사용하는 사람들이 그리 많아 보이지 않는다.

우리가 선진 지식 산업국으로 혹은 문화 국민으로 우뚝 서는 방법은 '도서관에 투자는 것'이다. 그러나 최근 우리 국민의 한 달 독서량이 0.8권이란 신문 기사를 접했다. 혹시나 도서관 부족으로 인하여 책 읽는 문화가 조성되지 않아 독서량이 낮은 것이 아닌가 하는 생각도 해본다.

인간의 모든 정서 함양이나 지식의 축적이 독서를 통해 이루어진다고 볼 때, 지식과 문화의 허브인 도서관 투자의 중요성은 아무리 강조하여도 지나침이 없다.

개권유익(開卷有益)이라 하지 않았던가? 이와 더불어 부모들도 어릴 때부터 자식들과 함께 도서관을 방문하고, 아이들의 읽고 쓰기 능력이 향상되면 스스로 도서관을 찾도록 지도해야 한다.

미국이나 유럽을 보면서 제일 부러운 것이 바로 도서관이었다. 거의 대부분의 지역에 도서관이 있으며, 여기에는 교양서적뿐 아니라 전문서적까지 비치해 남녀노소 많은 주민이 도서관을 이용하고 있음을 보았다. 우리나라처럼 학구적인 분위기에 압도되는 그러한 분위기의 도서관이 아니었으며, 시간이 있을 때마다 혹은 필요할 때 이웃집에 가듯 도서관을 이용하고 있었다.

앞으로 도서관에 우선적으로 투자하는 자치단체장을 뽑아야 한다. 정부는 보다 많은 도서관 예산을 책정해 도서관을 건립하고 장서도 늘려야 한다. 가장 좋은 방법은 경제적으로 성공한 지역 독지가가 도서관에 투자하는 것이다. 그리고 그 도서관의 이름은 독지가의 아호나 그의 성명이 좋을 것이다.

〈2003년 4월 17일〉

신지식인들은
어디에 있는가?

외환위기가 발생한 1977년, 대기업들이 잇단 부도와 금융 시스템 붕괴로 경제 위기가 심각했을 때 매일경제신문이 발의하고 구성한 '비전코리아 추진위원회'가 발족했다. 이어 국가 경제의 백년대계를 세우기 위한 연구용역기관으로 '부즈 앨런&해밀턴'(Booz Allen Hamilton Inc.)이 선정되었다.

이 컨설팅 기관이 발행한 '한국보고서'는 한국이 처한 현실을 냉정히 분석하였고, 또한 앞으로 나아갈 방향을 제시하여 국가적 차원에서 큰 반향을 불러일으켰다. 독자 여러분도 기억하듯이 한국이 처한 경제 현실을 '넛크래크 상황'으로 비유하고 한국을 '두뇌 강국'으로 만들자는 제안들이 이 보고서에서 나왔다.

당시 보고서 내용의 주류는 '지식인'(Knowledger)을 양성하여 지식 국가를 만드는 것이었다. 지식을 코리아 비전을 실행 가능하게 하고 국가경쟁력을 강화할 수 있는 강력한 수단으로 보았던 것이다.

다가오는 21세기는 국민 개개인에게 축적된 지식이 국가경쟁력을 좌우하는 시기라는 게 피터 드러커, 앨빈 토플러, 톰 피터스 등 세계적 학자들의 진단이다. 따라서 자동차 150만 대를 파는 것보다 창의성 있는 아이디어로 만든 '스티븐 스필버거'의 '쥬라기공원' 한 편이 훨씬 부가가치가 높다는 것이다.

욱수동에 살며

피터 드러커는 "지식이란 일하는 방법을 개선하거나, 새롭게 개발하거나 또는 기존의 틀을 바꾸는 혁신을 단행해서 부가가치를 높이는 것."이라고 정의하였다. 이런 지식을 활용하는 사람을 '지식인'이라 하며 '신지식인'은 '지식'에 대한 사회적 논쟁이 가열되면서 지식을 옹호할 명분을 찾기 위하여 만든 단어로 지식인의 개념과 큰 차이가 없을 것이다.

그럼 누가 지식인일까? 마이클 포트나 빌 게이츠일까? 『경영혁명』의 저자 톰 피터스는 리츠칼튼 호텔의 청소부에게서 지식인의 전형을 찾았다. 이유는 청소라는 작업을 표준화해 생산성을 높여 단순한 '허드렛일'을 '고품질 고객서비스'로 변환시켰다는 것이다.

초창기에는 리츠칼튼 호텔의 청소부인 버지니아 아주엘라, 축구 국가대표팀 감독이었던 차범근, 버섯박사 이이한, 중국집 자장면 배달부 조태훈 등이 대표적 지식인으로 자주 추앙되던 인물이었다. 누구나 자신이 하는 일을 개선하고 개발하고 혁신하여 부가가치를 높이면 지식인이 될 수 있었다.

1999년 신지식인이라는 개념이 나타난 이후 '제2 건국 추진 위원회'는 코미디언 심형래를 '신지식인 1호'로 지정한 후 작년까지 신지식 마을, 신지식 학교 등을 포함하여 총 3,000명 이상의 신지식인을 선정했다. 그러나 그 뒤로 신지식인은 국민 및 언론의 관심에서 멀어져갔으며, 올해에는 신지식인 선정에 관한 보도를 접하지 못했다.

요즈음은 모두 다 신지식인의 자질을 갖추지 않으면 살아가기 힘든 세상이 되었으므로 우리 모두가 신지식인이라 불릴 수 있게 되었다. 다시 말하면 신지식인 선정 자체가 별 의미가 없게 된 것이다.

한때 신지식인으로 선정된 수많은 사람도 지금은 신지식인의 자질을 유지하지 못하는 이가 대부분이다. 현실에서 영원한 신지식인은 없기 때문이며, 실제로 신지식인으로 뽑힌 사람은 그때 그들의 직무를 다른 사람보다 좀 더 열심히 수행한 사람일 뿐이다.

〈2002년 7월 30일〉

옥수동에 살며

전문대학의 경쟁성 회복

약 3~4년 전만 하더라도 전문대학의 입학 경쟁률이 4년제 대학을 앞질렀다. 취업을 위해 4년제 대학을 졸업한 후 다시 전문대학에 진학하는 사례가 이를 반영한다. 그러나 이러한 열풍은 2002년을 고비로 서서히 식기 시작하였으며, 취업률은 떨어지고 대학 지원자의 절대적 감소로 인한 전문대학의 미충원율은 증가하고 있다. 따라서 전문대학에 미친 불안한 제 현상을 볼 때 지금까지 전문대학이 누려온 혜택이 질 높은 직업교육을 수행하여 얻은 결과가 아니라 다양한 사회적 요인이 복합적으로 작용하여 나타난 결과임 보여주고 있다.

교육환경이나 라이프 스타일이 급격하게 변화하는 시기에 전문대학이 추구하는 교육적 목표를 달성하면서 4년제 교육기관보다 떨어진 경쟁력을 회복하는 방법은 무엇일까? 바로 '산업현장맞춤형 전문 기술인의 양성' 및 '전문대학의 정체성 확립'이라 사료된다.

현재 전문대학 교육체계는 산업현장맞춤형 전문 기술인을 양성한다는 측면을 충족시킬 수 없다는 한계를 보여주고 있으며, 정체성 확립이란 측면에서는 4년제 대학을 따라가려 하는 모습을 보여 매우 혼란스럽다.

이에 전문대학들이 경쟁 우위를 확보하기 위한 두 가지 질문을 하고자 한다. 첫째는 "직업 형태의 급격한 변화에 대응하여 학교가 기업체의 요구를 만족시킬 역량이 있는 인재를 배출하고 있는가?"라는 것이고, 둘째는 "전문대학이 본연의 임무인 전문 직업교육 기관으로 자리매김하고 있는가?"라는 것이다. 이 두 가지 질문에 긍정적인 답을 할 수 있는 전문대학은 경쟁력을 가졌다고 볼 수 있다.

최근 직업 교육의 중심축이 실업계 고교에서 전문대학으로 전환됨에 따라 전문대학의 직업교육 책무가 한층 무거워졌다. 따라서 첫 번째 질문에 대하여 적지 않은 전문대학들이 전공 교육에 변화를 도입하고 있다.

즉, 전공을 특정 기업체를 위해 개설한다거나 일부 2년 전공 과정을 3년 과정으로 전환하고 기업체의 의견을 대폭 반영한 전공 과목 채택, 기업 현장 전문인의 교수진 영입 등이 시도되고 있다.

또한 전문대학들은 산학협력활동의 일환으로 산업 현장에 바로 적응할 수 있는 직업인을 양성하기 위하여 '맞춤식 교육' 혹은 '주문식 교육' 등으로 전공 교육체계를 바꾸고 있는 것 등이 이를 잘 증명해 준다.

작금의 지식 정보화와 기술의 급격한 발전은 전문대학에 새로 역할을 부여하고 있다. 결국 전문대학은 기업 지향적인 교육체계를 구축하여 기업의 요청에 부응하고 즉시 현장에 적응할 수 있는 실력을 가진 인재를 배출해야 함을 뜻한다.

이제 위의 두 번째 질문을 살펴보자. 전문대학이 직업 교육기관으로의 정체성을 확립하지 못하면 이미 그 대학은 경쟁력을 상실하였다고 볼 수 있다. 즉, 전문대학은 전문 직업 교육기관으로 확

옥수동에 살며

실히 자리매김하고 있을 때 존재감이 빛난다.

따라서 일반 국민들도 직업 교육을 담당하는 전문대학의 역할과 기능을 무시한 채 4년제 대학과 입학 성적 차이를 단순 비교하여 전문대학을 평가하는 것은 적절치 못하다.

최근 전문대 지원자 감소는 전문대학의 위상에 큰 타격을 주었고, 우리 사회의 폐단인 직업의 귀천 및 학력·학벌 중심주의는 전문대학의 발전에 악영향을 끼치고 있다. 그렇다고 전문대학이 전문 기술을 가진 직업인의 양성이라는 정체성을 버리고 4년제 대학을 모방한다면 성공할 수 있겠는가?

모든 대학이 교명에서 '전문대학'의 꼬리표를 지울 때 끝까지 교명에 전문대학을 고수한 '영진전문대학'은 국내 최고의 명문 전문대학이 되지 않았는가?

정부는 전문대학이 4년제 교육기관과 대등한 위상을 갖도록 제도적으로 뒷받침해줘야 하고, 성적만으로 전문대학을 선택하는 것이 아니라 적성에 따라 소신껏 선택하는 교육기관이라는 비전을 제시해야 한다.

새로운 교육체제로의 전환과 산업 현장과 소통하는 전문대학으로의 위상 제고 노력과 더불어 전문대학이 본래의 정체성을 회복할 때 전문대학은 경쟁력을 가지고 국가 발전에 큰 기여를 하는 교육기관이 될 것이다.

〈2003년 4월 11일〉

조기 금융 교육

"애들이 어른들 얘기하는데 끼어드는 게 아니야."

어릴 때 부모님이나 친척들이 대화할 때 옆에 있다가 자주 들은 말이다. 특히 돈 문제에 관한 대화 시에는 더욱 그러하다. 지금 생각해보면 집에서 돈에 관한 교육, 즉 금융교육을 받은 기억이 별로 없다. 이는 필자만이 아니라 대부분 연배의 구독자도 마찬가지일 것이다. 굳이 금융교육이라 한다면 "공부 열심히 하여 훌륭한 사람이 되라."라는 것이었다. 아마도 훌륭한 사람이란 월급 많이 주는 좋은 직장에 취업한 사람을 지칭하는 것이 아닐까 생각된다.

학교에서도 돈이 얼마나 중요하다든지, 돈을 어떻게 관리해야 하는지, 또한 어떻게 하면 돈을 많이 벌 수 있는가에 대한 금융 교육은 받지 못했다. 오히려 돈 많은 놀부보다 가난한 흥부, 지붕 고칠 돈도 없이 비가 새는 집에서 책을 읽고 있는 선비, 돈 없이 누더기 옷을 걸쳐 입은 청렴한 관리, 그리고 부(富)보다 차라리 명예를 추구하는 사람들이 사회적으로 더 훌륭한 사람이라고 암시되는 교육을 받았다.

현재도 우리의 경제 교육은 학생들이 학문적인 기술을 익혀서 좋은 직업을 얻도록 하는 데만 중점을 두고 있다. 여기서 좋은 직업이란 편안하고 높은 임금을 받는 직업을 뜻한다.

따라서 부를 축적하는 방법으로 높은 임금을 받는 것 외에는

욱수동에 살며

다른 방법이 있다고 생각하지도 못하고, 돈을 불릴 때에도 무조건 지출을 줄이고 저축을 많이 하는 것만이 유일한 방법이라는 생각에서 벗어나지 못하고 있는 실정이다. 더 나아가 번 돈을 어떻게 쓰고 재테크하는지는 더더구나 잘 모른다.

이러한 문제를 해결하는 것 중 하나가 가정이나 학교에서 조기 금융 교육을 시키는 것이다. 『부자 아빠, 가난한 아빠』의 저자인 로버트 기요사키는 "어릴 때 받은 금융 교육이 어른이 되어 받는 것보다 훨씬 효과가 있다."라고 하였다. 그리고 "조기 금융 교육은 인생에서 경제의 기초를 든든히 다질 수 있는 능력을 길러주어 커서 부자가 되게 할 뿐만 아니라, 지속적인 부자가 되도록 번 돈을 잘 관리할 수 있는 능력을 제공한다."라고 하였다.

경제 대통령이라 불리는 앨런 그린스펀 미연방준비제도이사회(FRB) 의장도 "초·중학교 때 실행한 기초 금융 교육은 성인이 된 다음에 잘못된 판단을 막을 수 있도록 도와준다."라며 "어린이와 10대에 대한 금융교육은 빠르면 빠를수록 좋다."라고 하였다. 『부자의 꿈을 꾸어라.』의 저자인 서춘수 조홍은행 재테크 팀장도 "자녀들을 온갖 학원에 보내서 과외만 시킬 것이 아니라 경제 교육, 신용 교육부터 시켜야 한다."라고 주장하고 있다.

늦은 감은 있으나 최근에 사회 일각에서 벌어지고 있는 조기 금융 교육은 적극적으로 장려해야 할 일이다. 이 교육은 주로 경제, 금융 전문가들이 초·중·고교에 초청되어 강연하는 형식으로 진행하고 있다. 그러나 이보다 좋은 방법은 가정에서의 교육이다.

부모가 자식에게 가르치는 금융 교육이야말로 가장 현실적이고 교육 효과가 클 수 있다. 오늘부터 당장 아버지가 월급으로 혹은 사업으로 번 돈이 가정생활을 위해 어떻게 관리되고 있는지를 얘기해주고, 신문 경제면에 난 기사에 대해 설명해주는 것으로 금융 교육을 시작할 수 있다. 이를 통해 부모들도 금융 지식을 늘릴 수 있을 것이다.

조기 금융 교육은 단순히 돈을 많이 벌어 부자가 되게 하는 것만이 아니고, 시장경제 질서를 지키면서 사회와 국가에 기여할 수 있는 가장 자본주의적인 인간을 길러내는 데 목적이 있다.

〈2003년 10월 2일〉

욱수동에 살며

지구환경을 생각하자

필자가 초등학교 1학년이었을 때쯤으로 기억한다. 큰 형님과 함께 여름방학 때 경주지역 산골에 계시는 친척 할머니 댁을 방문할 기회가 있었다. 그날 밤 산골의 초가에서 하룻밤을 묵게 되었는데, 그때 늑대 울음소리로 인해 무서움에 밤잠을 설친 기억이 지금도 생생하다.

그런데 우리나라에서는 그 흔했던 늑대와 호랑이가 자취를 감춘 지 오래이다. 늑대와 호랑이뿐만 아니라 수많은 동·식물이 멸종의 위기에 처해있으며, 이제는 그 많던 반딧불이만 보아도 신기해하는 상황까지 왔다.

세계적으로 하루에 100여 종의 동·식물이 지구상에서 사라진다고 한다. 멸종의 원인으로는 인구증가, 환경오염, 지구온난화, 산업화, 전쟁, 빈곤 그리고 동식물 남획 등 많은 것을 들 수 있는데, 결국 모든 원인의 제공자는 인간임을 알 수 있다. 따라서 인간이 하나뿐인 지구의 환경을 지킬 수 있는 열쇠를 가지고 있다고 할 수 있다.

초등학교에 다니는 아들의 책꽂이에서 『동물과 대화하는 아이 티피』란 제목의 책이 유난히 시선을 끌어 읽어보았다. 이 책은 '티피'란 여자아이를 통해서 자연을 이해하고, 인간이 왜 자연을 사랑해야 하며, 또 어떻게 자연을 사랑할 것인지에 대하여 깨닫게 한다. 여기에서 말하는 자연은 흙, 동·식물, 공기, 그리고 인간 등을 포함하는 지구 구성 요소이다.

또한 이 책에서 자연과 함께 하는 티피의 맑은 영혼을 통해 자연의 경이로움을 느끼게 하였으며, 아무런 이해관계 없이 자연을 대할 때 인간과 자연이 공존할 수 있다는 사실을 다시금 일깨워주었다.

지난 8월 26일에 지구환경정상회의가 남아프리카공화국 요하네스버그에서 열흘간 일정으로 개막되었다. 자연과 인간, 환경 보전과 개발의 양립을 목표로 한 '리우 선언' 이후 10년 만에 열리는 이 '지속 가능한 발전을 위한 세계정상회의'에서는 각국의 이해관계를 떠나 진정으로 지구 환경을 보전할 수 있는 성공적인 합의안이 도출되어야만 한다.

'리우 선언'은 하나의 선언이기 때문에 법적 구속력이 없으며, '리우 회의'에서 채택된 '아젠다 21'도 환경문제를 위해 실천해야 할 원칙에 불과하여 큰 진전을 보지 못했다. 따라서 이번 요하네스버그 회의에서는 합의된 모든 사안이 구체적으로 실현될 수 있도록 국제적인 법적 구속력을 지니도록 합의해야 할 것이다.

늦은 감은 있으나 인간만이 지구 환경을 회복시킬 수 있으므로 인류 모두가 나서 지구 환경이 더 악화되는 일이 없도록 노력해야 한다. 지구 환경이 파괴되고서도 어찌 인류가 영원이 생존하기를 바랄 수 있겠는가?

〈2002년 8월 29일〉

옥수동에 살며

시사칼럼

골프를 치는 이유

골프는 16세기경 스코틀랜드에서 시작되었다고 한다. 우리나라에서는 1879년 원산 세관에서 근무하던 영국인에 의해 골프가 시작되었다고 전해지며, 정식으로는 1924년 효창공원 내에 '경성구락부'라는 골프 클럽의 탄생으로 골프가 시작되었다.

해를 거듭할수록 전 세계 골프 인구는 폭발적으로 증가하고 있다. 현재 국내에서 운영되고 있는 골프장은 회원제 107개, 퍼블릭 33개 등 140개이며, 62개의 골프장이 건설 중에 있다. 미국의 경우 약 16,700개의 골프장이 있으며, 작년에만 500개의 골프장이 새로 생겨났다.

이제 웬만한 일간지의 스포츠면에는 골프란이 따로 신설될 정도고, 방송에서도 주요경기를 정기적으로 방영하고 있으며, 대중의 일상 대화에서도 빠지지 않는 주제가 되었다. 심지어는 대학 진학의 수혜 종목이 되면서 주니어에게도 인기를 끄는 종목이 되었다. 특히 '타이거우즈'의 등장은 골프를 인기 스포츠로 끌어올리는 기폭제 역할을 톡톡히 하고 있다.

투어 참가 첫해에 LPGA 챔피언십과 US 여자 오픈에서 우승한 박세리 선수는 악전고투 끝에 우승하는 모습을 보여주어 IMF 외환위기 시대에 실의에 빠진 국민들에게 큰 희망을 주었으며, 국민적인 영웅으로 떠올랐다. 그리고 LPGA 대회에서 우승한 김미현을

욱수동에 살며

비롯한 많은 한국의 프로선수가 외국 무대에서 좋은 성적을 거두고 있다. 이들의 성공 뒤에는 항상 아버지의 적극적인 뒷받침이 있었고, 이것이 세인의 주목을 끈다.

골프를 치는 이유는 무엇일까? 사람에 따라 다르겠지만 개인적으로는, 매번 잘 칠 것 같았는데 안 되는 상황, 항상 다음에 더 잘 칠 수 있을 것 같은 희망, 어쩌다 자기 실력 이상으로 공이 잘 맞아 동반자로부터 칭찬을 받을 때 느끼는 기쁨, 그리고 상대방의 실수로 인한 실소 혹은 희열 때문에 골프를 치는 것이 아닐까 생각한다.

이 밖에 골프를 치는 이유로는 골프장 자체가 자연 녹지가 부족한 도시인에게 심신의 피로를 풀 수 있는 공간을 제공하고, 또한 사교의 장을 마련하는 기능을 하기 때문이라 생각한다.

나는 미국에서 처음으로 골프를 배웠다. 퍼블릭 코스의 경우 그린피가 $20.00 내외로 가난한 나도 큰 부담을 느끼지 못하였다. 그러나 국내에서는 그린피가 최소 10~15만 원에다 카트 사용료, 캐디피, 식음료비 등을 지불해야 하며, 경기 후에는 대부분 한잔하고 헤어진다. 자주 경기를 한다면 서민에게는 부담이 될 수 있다.

전국 대부분의 코스에서 외국과는 달리 불필요한 전동차와 캐디의 동반이 필수이다. 프로는 몰라도 아마추어라면 자기가 끄는 카트를 이용하여 경기를 한다면 경제적이며 운동량도 많을 것이다. 캐디의 역할은 클럽을 운반하는 것만 아니다. 중요한 역할은 중 하나는 바로 조언이다. 그런데 우리나라 캐디는 조언도 하지만 앞·뒤의 팀과 교신하면서 빨리 경기를 진행하는 역할까지 맡고 있는 듯하다. 슬슬 여유를 부리며 느긋하게 경기를 하는 것이 거의 불가능하다.

그린피를 대폭 내리고 캐디나 전동차의 이용 의무가 없다면 골프는 좀 더 대중과 친숙한 스포츠가 될 것이다.

〈2000년 4월 26일〉

욱수동에 살며

두서너 개 문화가 문제다

　　우리 국민은 자신의 필요와 욕구를 타인과 교환하는 데 있어 필요한 대상물을 계량화된 정확한 수치나 형태로 표현하기를 꺼려한다. 아니, 꺼려한다기보다는 모호한 어법을 구사함으로써 자신이 작은 것에 얽매이지 않고 넉넉하다는 것을 보여주고 꾀죄죄하지 않은 심성을 가진 사람이라는 것을 표현한다.

　　더 재미있는 것은 이런 정확하지 않은 표현을 구사하더라도 누구 하나 이해하지 못하는 사람이 없다는 것이다. 어릴 때 들었던 '두서너 개'(그 수량이 둘이나 셋 또는 넷임을 나타내는 말)가 성인이 된 오늘날까지 단일의 수량이나 분량의 의미로 빈번히 사용되고 있음을 알 수 있다.

　　만약 A가 B에게 '두서너 개'라는 표현을 사용해도 B는 A가 몇 개를 말하는지 분명히 알아듣고, 반대로 B가 알아들어 결정한 개수에 대해 A가 아무 반대 없이 받아들이는 경우가 있는데, 다른 민족은 절대 이해하지 못한다. 오직 대한민국 국민만 이해한다.

　　"둘이면 둘, 셋이면 셋, 넷이면 넷이지, 두서넛이 무엇인가?"

　　그만큼 우리 국민은 두루뭉술하고 적당히 표현하여 얼버무리는 두서너 개 문화 아래서 살아가고 있지 않은지? '아니면 말고' 식의 이러한 두서너 개 문화가 불합리한 사회적 모순을 개선하기는커녕 오히려 감싸는데 일조하고 있는 것 같다.

생활면에서 되돌아보자. 일전에 횟집 앞을 지나다가 '회 한 접시에 20,000원 정도'라고 적힌 광고판을 보았을 때, 나는 그 횟집에는 들어가고 싶지 않았다. 횟감의 종류와 크기에 따라 가격이 정해지는 것이 아니라, 주인의 마음에 따라 가격이 정해진다는 뜻이 포함된 것 아닌가?

외지에서 길을 물어보면 황당함을 느낄 때가 많다. 길 안내를 들으면 도대체 어디로, 어떻게 가라는지 이해할 수가 없다. 제멋대로의 도로와 주소 때문인 것은 이해가 가나, 외국처럼 "이 길로 직진하다가 첫 번째 신호등에서 우회전을 하고 2㎞ 더 가서…"와 같은 길 안내를 왜 듣기 어려운가?

공중전화 이용 시 한 통화에 70원이나, 보통은 10원짜리 7개를 넣으면 전화가 연결되지 않아 100원을 투입한다. 그런데 잔금 30원은 돌려받을 수도 없거니와, 돌려받지 못하더라도 불평하는 사람이 거의 없는 것 같다. 이 모두가 두서너 개 문화 탓 아닌가?

디지털 시대에는 모호하면서 인간성 좋은 사람, 다시 말해 두서너 개 문화에 젖은 사람은 더 이상 대한민국이 원하는 국민상이 아니다. 이제는 합리적이고 논리적이며 이성적인 사람을 원한다. 우리들의 사고방식이나 라이프 스타일도 계량화·시스템화되어야 한다.

주위에서 보면 사업에 성공한 사람, 가정이 행복한 사람, 회사에서 인정받은 사람, 항상 자신감이 충만한 사람, 그리고 무엇보다 디지털 세상을 별 무리 없이 잘 적응해 살아가고 있는 사람들은 논리적인 사고방식을 지닌 사람들이며, 두서너 개 문화를 옹호하지 않는 사람들이다.

중요한 것은 두서너 개 문화의 배격을 인간미의 상실로 바라보지 않아야 한다는 것이다. 약속 시간은 철저히 지켜야 하며, 제품 구매 시 용량이 100g 부족할 때도 분명히 이의를 제기해야 한다. 어떠한 경우에도 상대방을 두서너 개 문화의 잣대로 바라보아서는 안 되며 또한 이를 적용해서도 안 될 것이다.

우리나라에서 두서너 개 문화가 사라질 때, 부당하고 불합리한 관행은 개선되고 합리적인 시스템을 가진 국가로 재탄생할 것이다.

〈2003년 3월 22일〉

부끄러운 교통문화

전국의 총 등록 차량 대수가 2000년 1월 기준 1천 120만 대를 넘어섰고, 대구만 해도 65만 대를 넘는다. 좁은 국토의 도로마다 자동차로 넘쳐난다. 이제 대도시는 물론이고 지방의 중소도시도 교통체증으로 몸살을 앓고 있다.

우리의 교통문화는 한참 후진적이다. 이로 인한 1998년도 전국 도로 교통 혼잡비용은 12조 원을 육박하였으며, 지난해 교통사고로 70만 명이 넘는 사람이 다치거나 생명을 잃었다. 자동차 1만 대당 사망자 수가 세계 3위이다. 가히 부끄러운 일이다.

우리나라는 후진국에서도 보기 힘든 운전자끼리 싸우고 교통법규 위반자가 경찰관과 시비를 벌이는 국가이다. 사소한 접촉사고라도 나면 스프레이로 도로에 표기하고 서로 잘못이 없다고 언성을 높인다. 다 부질없는 짓거리이다.

보험에는 왜 가입하는가? 사고가 나면 보험회사, 차량 번호, 운전자 성명, 연락처 정보만 교환하고 손 흔들면서 헤어지면 그만이다. 나머지는 보험회사에서 알아서 처리해준다. 모두 양보 없이 상대방을 배려하지 않고 교통법규를 지키지 않는 이기적인 운전습관에서 비롯된 것이다.

그리고 사고 현장에서 교통경찰관과는 왜 시비를 벌이는지. 그러지 않으면 자신의 정당함을 적절히 보호받을 수 없는 현실을 이해 못하는 것은 아니지만, 우리나라에서나 볼 수 있는 공권력에 도전하는 비상식적인 행동은 하지 않아야 한다. 교통경찰이 운전자에게 법규 위반보다 더 과한 벌점이나 벌금을 부과하는 경우는 거의 없다고 생각한다.

올바른 교통문화의 정착을 위해 시민의 협조는 물론 정부도 그 역할을 다해야 한다. 정부의 역할은 '적절한 교통 하드웨어'의 구축이다. 교통 하드웨어란 자동차 운행과 관련하여 시민이 올바른 교통문화를 창조할 수 있도록 도와주는 환경 및 그 장치물을 말한다.

예를 들면 작은 교차로에는 우선통행권(Right of Way)을 위해 '우선멈춤' 표시를 일일이 해야 하고, 도로마다 알기 쉽게 속도 표지판을 세워야 하며(아스팔트 위에 표시하는 것은 효과적이지 않음), 주차 가능 지역과 불가 지역을 모든 운전자가 알 수 있도록 적절히 표시해야 한다.

그리고 교통단속이나 처벌을 일관성이 있으면서도 강력히 실시해야 하며, 교통위반 티켓에 대해 시민이 항변할 수 있는 간편한 절차를 마련하는 등의 교통 하드웨어가 구축되어야 한다. 최소한 이렇게 되어야 시비 없는 성숙한 교통문화가 형성될 것이다.

서로가 양보하고 교통질서를 위반하지 않을 때 우리의 일상생활도 즐거울 것이다. 교통문화는 어릴 적부터 길러진다. 어른들이 모범을 보일 때 선진 교통문화가 정착될 수 있으며, 진정한 선진국가가 될 수 있는 토대가 마련될 수 있는 것이다. 이제부터 차량 중심에서 사람이 중심이 되는 교통문화가 정착되도록 모두 노력하자.

〈2000년 5월 3일〉

부지런함의 미학

　　잘사는 선진국의 국민은 굉장히 부지런하며, 가난한 후진국의 국민은 참 게으르다. 우리나라 1인당 국민총소득(GNI)이 지난 1995년 10,823달러로 1만 달러를 상회한 후 외환위기로 지난해 8,581달러로 감소하였다. 그래도 1970년의 249달러와 비교하면 엄청난 증가이다. 이만큼 잘살게 된 이유로 우리는 인적 자원의 혜택을 첫 순위로 꼽는다. 나는 인적 자원의 요소 중 우리 국민의 부지런함이 경제발전의 큰 원동력이 되었다고 믿는다.

　　역사적으로 볼 때 우리 국민은 세계적으로 게으른 민족이었다. 근세까지 이런 게으름이 생활화되었고, 실질적인 국부 창출에 큰 장애 요인이 되어왔다.

　　1970년 초반에 조국 근대화의 일환으로 시작된 새마을운동은 게으름으로부터의 탈피 운동이었다. 이를 계기로 국민의 부지런함이 '한강의 기적'을 이룩하였으며, 1980년대의 산업발전을 거치면서 개방화, 국제화로 경제의 급성장을 실현하였다. 이후 부지런함은 우리 산업 전반에 파급되었으며 국민의 의식 속에 깊이 자리 잡게 되었다.

　　그러나 일부 국민의 근무 태도는 여전히 후진성을 탈피하지 못하고 있으며, 근무시간을 개인적 용도로 혹은 비생산적인 활동으로 보내고 있다. 하루 직장에서 8시간을 넘어 야근까지 하는 경우를 흔히 본다. 때로는 야근이 필요하지만, 일반적인 직무에 종사하는 사람이 최선을 다해 부지런히 일한다면 하루 8시간이면 족하다.

문제는 노동생산성이다. 아직 미국을 100으로 했을 때, 우리의 노동생산성은 35% 수준이다. 한국의 현대자동차는 왜 GM이나 토요타보다 생산성이 낮은가? 근무시간은 빈둥대다가 퇴근 시간 때 야근이 필요하다고 부산을 떤다. 이러니 노동생산성이 낮을 수밖에 없다.

우리는 자본주의 국가에 살고 있으며 부를 많이 축적한 사람은 존경을 받는다. 자본주의를 근본으로 하는 자유 시장경제체제하의 부자들은 부지런하다.

최근 지식산업 종사자들도 단기간에 많은 부를 축적하였는데, 지식정보 시대의 도래와는 별도로 그들의 부지런함 이를 가능하게 하였다고 볼 수 있다. 이러한 지식산업에 종사하는 부류는 젊은 세대이며, 그들의 아버지 세대보다 더 부지런하며 경제적인 자립심도 강하다.

21세기 지식정보사회에서는 부지런한 사람과 게으른 사람의 지식 격차 즉, 정보 소유량의 차이로 인해 빈부격차는 더욱 커지게 될 것이다. 민간 및 정부 차원에서 이를 해소하기 위해 다각적인 정책을 제시하고 있지만, 게으른 사람은 이를 수용할 수 없을 것이며 결국 부지런한 사람만이 이 시대의 주류로서 살아갈 수 있을 것이다.

개개인의 부지런함과 게으름은 국가 경제 발전과 깊은 상관관계를 맺고 있기 때문에 자신의 게으름으로 인하여 국가나 부지런한 사람들에게 사회적 부담을 주어서는 안 될 것이다. 개인의 부지런한 품성이 더불어 살아가는 진정한 인류애의 근본이 아닐까?

〈2000년 4월 5일〉

욱수동에 살며

특정 트렌드를
주도하는 세대

정말 변화무쌍하고 다양한 시대에 살고 있다. 하루가 다르게 새로운 기술이 쏟아져 나오고, 국제운송이 더욱 발전하여 문명 및 문화의 지역적 거리를 좁히고 있으며, 세계화 진전에 따라 각국의 라이프 스타일이 유사해지고 심지어 세계 경기까지 동조화되어가고 있다.

이 와중에 범세계적으로 혹은 특정 지역 내에서 살아가는 사람들에게 나타나는 일관된 행동 양식, 특히 젊은 세대에 나타나는 사고방식이나 유행이 '특정 트렌드'를 형성하면서 그들의 삶에 큰 영향을 미치고 있다.

우리가 실감하는 삶의 급속한 변화는 20세기 후반부터 시작되었고, 이때부터 다양한 트렌드가 나타나기 시작했다. 이런 트랜드를 주도하는 세대는 주로 30~40대들이었다. 이후 1990년대 후반부터 10대를 포함하는 20대가 서서히 트렌드의 중심에 서게 되었다.

특정 트렌드를 주도하는 세대나 이들을 지칭하는 용어는 다양하다. 우선 경제적 부를 배경으로 그들의 화려한 삶을 추구했던 '부르주아(Bourgeois)', 대도시 교외에 거주하며 고액 연봉을 받는 도시형 전문직 종사자인 '여피(Yuppie)', 부르주아와 보헤미안의 합성어로 물질적, 정신적 가치를 동시에 추구하는 21세기 엘리트 집단인 '보보스(Bobos)', 1990년대 초반에서 중반까지 인터넷사용이 가능한 연령층으로 가장 나이가 많은 'X세대', 그리고 젊고 기업가적이며 기술에 바탕을 둔 인터넷 엘리트인 '예티(Yettie)' 등이 있었다.

또한 X세대 이후 베이비붐 세대가 낳은 'Y세대', 1318세대인 'Z세대'가 있었다. 그리고 'N세대'는 Y세대 중 20대 초반과 Z세대를 포함하는데, 주로 1977년 이후 출생자들이다.

N세대는 디지털기술을 자유자재로 활용하면서 인터넷이 구성하는 가상공간을 생활의 주요한 무대로 자연스럽게 인식하고 있는 디지털적인 삶을 영위하는 세대로, 이들이 중심이 되는 미래사회는 국경도 인종도 의미가 없는 자유로운 네트워크의 세계가 될 것이라는 전망을 낳고 있다.

우리나라에서 가장 최근의 트렌드를 주도하는 세력은 'R세대'이다. 현대경제연구원에 의하면 R세대를 "월드컵을 계기로 거리 응원의 모습으로 광장에 나타나면서 문화적 충격을 준 새로운 세대를 지칭함.", 그리고 "붉은 물결로 상징되는 레드 신드롬의 주체."라고 정의하고 있다.

N세대를 뿌리로 하고 있는 R세대는 기존의 386세대나 N세대와는 차별적인 특성을 보이고 있다. 즉, IT를 기반으로 하는 활동 공간에서 개방적 애국주의를 표방하는 공동체 의식을 가지고 있으며, 월드컵을 386세대가 바라보는 일의 관점과 N세대의 관점인 놀이를 결합하여 축제로 승화시켰다.

이런 R세대의 특징을 현대경제연구원은 '자발적 공동체'나 '열정적 에너지', 그리고 '개방적 세계관'으로 설명하고 있다.

세상사는 끊임없이 변화한다. R세대 다음으로 트랜드를 주도하는 세대는 어떤 모습으로 다가올까 궁금하다.

〈2002년 7월 18일〉

세상의 변화를
실감하며

    요즘 세상이 급격히 변화하고 있다는 사실을 새삼스레 깨닫는다. 물질적인 면에서뿐만 아니라 정신적인 면에서도 많은 변화를 실감한다. 물론, 세상이 숨 가쁘게 돌아가고 있다는 사실을 익히 알기에 의식적으로 세상의 변화를 애써 외면하여 정신적인 편안함(?)을 누리려고 하였으나, 이 의도적인 외면은 오래가지 못하였다. 최근의 '월드컵 축구 경기'는 이러한 세상의 변화를 재인식하는 계기가 되었다.

    프랑스와 세네갈의 축구 경기를 보면 재미있는 사실을 발견할 수 있다. 세네갈은 자국 식민 지배국인 프랑스 출신의 감독을 영입하였고, 자국 대표 선수의 대부분이 프랑스를 비롯한 유럽의 프로 리그 출신이며, 프랑스는 세네갈 출신 선수를 포함해 주전급 선수의 대부분이 아프리카 출신 선수로 구성되어 있다는 사실이다. 머지않아 우리나라 축구 대표팀을 일본인 감독이 맡거나, 한국 출신 축구 선수가 일본대표팀 선수로 뛸 수도 있지 않겠는가? 너무 비약적인 상상인가?

    TV나 경기장에서 보는 우리 국민의 응원 모습이 과거와는 달리 무척 세련되고 국제화되었다는 사실을 부정할 수 없다. 자국의 경기가 아닌데도 타국을 위해 열심히 응원하는 모습에서 요즘 세

옥수동에 살며

상의 한국인임을 느낀다.

'황선홍'의 첫 골에 한국인이 아닌 '거스 히딩크' 감독이 기뻐하는 모습을 보는 것이 더 이상 새삼스럽지가 않으며, 이미 그의 골 세리모니는 유행이 되었다. 또 16강에 진출하던 못하던 그의 축구 팀 용병술은 한국 경영학의 모범 사례로 주목받기 시작했다.

요즘 세상의 변화는 스포츠 부분만이 아니라 국내 기업 삼성 그룹에서도 발견할 수 있는데, 앞으로 이 기업은 국적을 불문하고 우수 인재를 채용한다고 한다. 이러한 변화는 여러 부문에 걸쳐 이미 오래전부터 나타난 현상이지만, 요즈음에 와서 더욱 확대하여 시행하고 있다.

월드컵 축구가 요즘 세상의 주제인 '무국경의 세계화'를 주도하는 역할을 하는 반면, 한편으로는 자국의 내셔널리즘을 강화하거나 국가의 정체성을 되돌아보게 하는 역할을 수행하고 있음을 알 수 있다.

월드컵은 인류의 역사이자 미래이다. 승리를 향한 거친 경기는 역사요, 경기 후 선수들의 포옹은 미래이다. 월드컵은 지구촌에서 요즘 세상을 느낄 수 있는 축소판이다.

월드컵을 통해 본 요즘 세상의 한국인은 그 품격이 세계시민의 반열에 우뚝 서 있으며, 선진 시민으로의 손색이 없는 모습을 보이고 있다. 경기장 시설도 어느 나라보다 훌륭하고 축구 실력도 16강의 반열에 올랐다.

이제는 가장 변화가 더딘 낙후한 정치판도 세계 16강에 올려야 한다. 정치를 16강으로 올리는 가장 빠르고 확실한 방법은 '정치의 세계화'를 기치로 외국인을 우리나라의 국회의원이나 장관으로 영입하는 것이다. 히딩크 감독을 한국의 정치판에 투입하는 것, 심각히 고려해볼 사안이다.

〈2002년 6월 13일〉

옥수동에 살며

승복(承服)하는 사회

구소련의 붕괴 후, 세계 정치나 경제의 헤게모니는 미국이 잡고 있다. '팍스 아메리카나(Pax Americana) 체제' 하에서 미국은 강력한 달러를 기반으로 최첨단 자본주의를 기저로 한 '아메리카니즘(Americanism)'을 전 세계에 전파시키고 있다.

이러한 아메리카니즘 자본주의는 1980년 이후 '신자유주의'와 '신보수주의'를 등장시킨다.

신자유주의 경제 정책은 시장경제 원리에 입각한 무한 경쟁체제를 확립시킴으로써 적자생존의 사회적 갈등을 심화시켰으며, 신보수주의는 신자유주의를 옹호하면서 정부의 보조금에 의한 생활 향상의 시도는 오히려 개인의 발전을 저해한다고 보아 인간 개개인의 우열을 당연시하고, 기업 활동의 승패도 사회 또는 국가가 아닌 각 경제주체의 책임으로 돌린다. 국가의 역할도 각 경제주체의 평등이 아니라 그들의 능력을 최대한 발휘하도록 하는 방향으로 이끌어왔다.

이러한 신자유주의와 신보수주의는 미국이 세계 경제의 주도권을 지속적으로 행사하는데 있어 무역자유화 등을 통해 적절히 사용되고 있고, 이 두 사조는 세계인의 사고방식이나 삶의 스타일을 크게 변화시켰다.

이러한 변화가 세계적 추세라면 우리 사회는 일정 부분을 현실로 받아들여야 한다. 그러나 여기에서 문제가 발생한다. 이런 변화를 우리 사회가 받아들이면 구성원 모두가 승자가 될 수는 없다. 분명히 무한 경쟁체제에서 낙오한 사람들은 생겨나게 마련이기 때문에, 우리는 '사회안전망' 구축 차원에서 이들을 보호해야 한다. 신보수주의는 신자유주의의 연속선상에 있는 개념이나, 이들을 보호할 사회적 제도도 마련하고 있다.

문제는 위의 2가지 사조가 우리 사회의 각 부분에 심각한 영향과 갈등을 초래하고 있어 사회 문제가 되고 있다는 점이다. 환언하면, 이러한 사조는 각 개인의 우열을 인정하나 아직 이를 인정하지 않으려는 우리 사회의 인습이나 심리가 팽배해 문제가 되고 있다.

즉, 다른 사람의 우수성이나 노력은 고려하지 않고 자신의 능력이나 처지보다 나으면 무조건 불평한다거나 반발하는 모습을 보이는 것이다. 자신이 무조건 남과 같아야 한다는 비현실적인 평등에 대한 환상 때문이다.

자신의 능력이 부족하고 노력이 미약하다면 승복하고 차선의 방법을 강구해야 하지만, 많은 사람이 승복보다 먼저 불만을 표출한다. 연봉이 작다고 불평하기 전에 자기의 능력을 되돌아보아야 하며, 잘 사는 사람을 비난하기에 앞서 그들이 보인 근면, 성실과 노력에 찬사를 보내는 마음의 여유를 가져야 한다.

개인 간의 능력 차이는 분명히 있으며, 자신의 무능함을 사회의 잘못이나 탓으로 돌리고 무조건적인 평등을 부르짖지 말아야 한다. 각 경제 주체나 개인의 공적(功績)을 칭찬하고 인정해 주어야 하며, 그에 상응하는 대가가 주어지는 사회를 만들어야 한다.

다른 사람의 탁월함에 기꺼이 승복하는 사회는 갈등이 없어지고 개인의 분발을 더욱 촉진시키는 정상적인 사회가 될 것이다.

〈2000년 5월 10일〉

엽기사이트 속의 반미(反美)

(유상철); "뭐라고! '히딩크' 감독님이 오노에게 납치되셨다고?"

(이영표); "'오노' 그느무 자식이 부시에게 잘 보이려고 납치해 갔대요."

(차두리); "히딩크 감독님을 구할 사람은 형밖에 없어요…. 제발 감독님을 구해주세요."

(유상철); "오냐, 내 반드시 히딩크 감독님을 구해오겠다!"

이상은 엽기사이트에서 발견한 '홈런왕 유상철, 2탄-오노가 납치해간 히딩크를 구해라'란 게임 속의 대화이다.

이 게임은 유상철이 축구 경기장에서 끊임없이 공격하는 오노를 물리치고 히딩크를 구하면 1부가 끝나고, 이어서 비행기에서 "미국의 16강 진출과 한국의 탈락을 위해 히딩크를 납치하였다."라고 소리치는 부시 대통령이 울고 있는 히딩크를 밧줄로 묶어 끌고 다니면서 괴롭히는 장면이 나온다. 지상에서는 오노가, 공중에서는 부시가 일본국기가 그려진 폭탄을 안고 있는 가미카제 특공대를 투하하면서 유상철을 집요하게 공격한다.

또 다른 엽기사이트를 보면, 부시의 여러 얼굴 사진이 나열되어 있고 한쪽에 "부시 얼굴을 이곳으로 끌어오십시오."란 지시어 옆에 관심경(觀心鏡)이 놓여 있다. 부시의 얼굴 사진을 관심경에 비추어 보면 얼굴 사진이 부시의 표정과 비슷한 침팬지로 변한다.

이같은 게임에서 보듯, 많은 엽기사이트에서 은근히 미국을 비꼬는 장면을 많이 볼 수 있다. 역사나 국제 관계를 결부시키지 않고 미국을 바라볼 때 이러한 장면은 한낱 엽기에 불과할 수도 있다. 오노나 부시 대통령은 대표적인 희생양이며, 이런 엽기장면을 제공하는 배경에는 미군 범죄, 미군기지로 인해 초래되는 제반 문제, 무기 판매, 불공정한 통상 압력, 그리고 미군 장갑차에 의한 여중생 사망사고 등이 있다.

엽기사이트에서는 기성세대가 보여준 미국에 대한 반감하는 행동, 즉 반미구호를 외치면서 내셔널리즘에 입각한 대규모 시위 장면 등과 관련된 글귀나 장면을 볼 수 없다. 그래서 엽기사이트는 맹목적 애국주의를 바탕으로 한 반미 사이트와는 구별된다.

미국의 문화나 사상을 동경하고 수용하되, 그들의 팍스 아메리카나의 단점 및 불합리한 정책에 대해서는 신세대 특유의 재치와 유머로 미국을 폄하하는 아주 고차원적 반미정서를 그리고 있다.

엽기사이트가 신세대의 도전 의식이나 일탈 의식을 반영한다 하더라도, 우리 사회에 뿌리박고 있는 어엿한 문화이다. 따라서 엽기사이트는 폐해의 위험을 안고 있지만, 젊은이들의 정서를 읽을 수 있는 다양한 상상력이 숨 쉬는 공간이기도 하다. 어떤 면에서는 엽기사이트에서 한국인 전체의 틈새 문화도 엿볼 수 있다.

〈2002년 7월 25일〉

외적(外的) 아름다움의
추구가 문제인가?

      역사상 최초의 미인 대회는 불화의 여신 '에리스'의 황금사과를 차지하기 위해 세 명의 여신인 '헤라'와 '아테나' 그리고 '아프로디테(비너스)'가 서로의 아름다움을 경쟁하게 되면서이다. 이때 '제우스'는 트로이의 프리아모스 왕의 아들이자 양치기인 '파리스'에게 심사를 맡긴다. 각 여신은 파리스로부터 좋은 결과를 얻기 위해 뇌물을 제공한다.

      결과는 파리스에게 아름다운 여인의 사랑을 제공하겠다고 제의한 아프로디테가 가장 아름다운 여신으로 선정되어 황금사과를 차지한다. 이후 파리스는 그가 내린 판정으로 인해 가족 및 나라가 파멸로 향하는 길과 마주하게 된다.

      위의 그리스 신화에 대해 필자는 다음과 같은 의문을 가진다. 불화의 여신이 왜 여신들의 아름다움 경연을 통해 불화를 조성하려 하였는가? 제우스는 왜 여신의 미 경쟁에서 심사자가 되지 않았는가? 그 진정한 이유는 무엇인가? 최고의 미인이 되기 위해서는 뇌물도 필요한가? 미에 대한 판정은 항상 불협화음이 일어나는가? 이같은 의문은 역대 미스코리아 선발 대회를 음미해보면 다소 풀리는 듯하다.

      이러한 분위기를 반영하는 '안티 미스코리아 페스티벌'은 벌써

욱수동에 살며

네 번째 개최되었다. 안티 미스코리아는 여성의 신체를 부위별로 재단하여 평가하는 미인대회를 반대하고, 일반적인 미의 기준을 거부하며, 개인이 가진 다양한 모습을 자랑스럽게 '아름답다'라고 보여줄 수 있는 자리를 마련하는 것이라고 한다.

1999년 5월 15일에 개최된 제1회 대회는 여성의 외모만을 미의 기준으로 삼던 기존의 미스코리아 대회에 맞서 기존의 '정형화된 미인'이 아닌 행사 취지에 적극 동의하는 사람이면 누구나 참가할 수 있도록 하였다.

그리고 행사는 참가자들이 노래·연기 등 자신의 재주를 보여주고 관객·출연자 등이 투표로 대회의 주인공 4명을 선정하는 형식으로 치러졌다. 이건 미인을 선발하는 대회가 아닌 장기자랑 대회이다.

그러나 외적인 아름다움을 추구하는 것은 현재 어떠한 상황에 처해 있는가? 올해 8월 5일 자 타임지는 "10명의 한국 성인 중 최소 1명 이상의 성인이 미용 성형을 받았으며, 어린이까지도 쌍꺼풀 수술을 받는다."라고 하였다. 이는 비록 한국만의 이야기가 아니고 전체 아시아가 미용 성형의 열기에 휩싸여 있다고 전하고 있다. 이런 열기의 이면에는 서구인의 미를 닮고자 하는 열망이 숨어 있다고도 하였다.

물론 외적인 아름다움만 추구하는 사회는 비정상적인 사회이다. 더구나 외적인 아름다움의 기준을 서구 미인에 두는 것 또한 바람직하지 못하다. 그렇다고 안티 미스코리아 선발대회라니! 여성이 아름다움을 추구하고 아름다워지도록 노력하는 것은 아주 자연스러운 일이 아니던가?

지난 2002년 미스코리아 대회부터 공중파 중계가 중단되고 케이블 방송으로만 중계가 되었음을 알고 있다. 잘못되어도 한참 잘못된 일이다. 미스코리아 선발 과정에서 불협화음이 있었다면 고쳐 나가면 된다. 다시 되돌려 공중파에서 중계하고 국민적 축제로 승화시켜야 한다.

현실을 무시한 인위적인 안티 미스코리아주의를 주창하기보다 미스코리아 선발대회 심사를 더 공정히 하고 여성의 미를 더 높은 차원으로 승화시키는 것이 안티 미스코리아를 주창하는 이들의 의무이며, 자칫 안티 미스코리아 행사가 본래의 취지에서 벗어나 페미니스트를 위한 축제의 장으로 변질되어는 안 될 것이다.

안티 미스코리아 대회 출전자는 정형화된 미인이 아니지만 연기나 노래 등을 순수하게 잘해서 자격이 있고, 미스코리아 출전자는 정형화된 미인들만 출전하며 순수한 연기나 노래는 못한다는 논리는 어디에서 나오는가?

미스코리아 선발대회는 평범한 여자를 뽑는 대회가 아니다. 최고의 외적인 아름다움과 함께 지적인 아름다움을 가진 여성을 선발하는 대회이다.

〈2002년 8월 7일〉

옥수동에 살며

전쟁과 이라크의 어린이들

　　나는 당신이 이라크와의 전쟁을 생각할 때 반드시 기억해야 할 사람이며, 한편으로 나는 당신에게 목숨이 달린 사람입니다. 만약 내가 행운아라면 1991년 2월 16일에 바그다드의 방공호에 떨어진 스마트 폭탄으로 희생된 300명의 어린이와 같이 죽었을 것입니다. 그러나 내가 불운하다면 현재 바그다드 어린이 병원의 중환자실에 있는 14살 된 '알리 파이살'처럼 고통 속에 서서히 죽어갈 것입니다.

　　파이살은 1991년 '걸프전쟁' 때 당신의 미사일 폭격으로 인한 우라늄에 노출되어 악성림프종 암에 걸려있습니다. 만약 내가 파이살과 같은 처지가 되지 않았더라면, 아마도 나는 기관(器官)을 먹는 사막 기생충에 감염되어 갓 18개월이 지난 '무스타파'와 같이 고통스럽게 죽어갈지도 모릅니다. 이 병은 고작 $25.00에 구입할 수 있는 치료제로 완치할 수 있는 병입니다.

　　만약 내가 죽지 않는다 하더라도 '살만 모하메드'처럼 전쟁이 없는 평화로운 국가에서는 경험할 수 없는 정신적 고통 속에서 살아갈 것입니다. 살만은 걸프전쟁 때 누이동생이 테러로 죽임을 당했습니다.

　　또 다른 나의 악몽은 내가 3살 때 고아가 된 '알리'와 같은 처지가 될지도 모른다는 사실입니다. 당신이 알리의 아버지를 죽임으로써 알리는 3년 동안 매일 쓰레기로 덮여있는 그의 아버지의 무덤을 지켰습니다. 그리고 알리는 아버지께 말했습니다.

"아버지, 이제 나오세요. 아버지를 묻었던 사람들이 물러갔어요."

"글쎄…. 알리야, 네 말이 틀린 것 같아. 곧 그 사람들이 되돌아올 것 같구나."

윗글은 와이어탭(www.wiretapmag.org)에 올라온 글로 2003년 3월 3일, 미국 메인주에서 열린 반전평화운동에서 미국을 겨냥하여 '커닝햄 중학교'에 다니는 13살의 '샤토르 앨드브론'이라는 여학생이 "(전쟁이 일어나면) 이라크의 어린이들은 어떻게 될 것인가?"란 제목으로 이라크 어린이의 입장에서 행한 연설문의 일부이다.

알리 아버지의 예측대로 지난 3월 20일에 미국의 바그다드 공습이 시작되었다. 전쟁의 아픈 상처가 아물기도 전에 또 다른 상처를 입게 되었다. 이라크의 총인구 2천 4백만 명 중 절반 이상이 15세 이하의 어린이들이다. 미국이 일으킨 전쟁에 수많은 이라크 어린이가 희생될 것이다.

이들이 당신의 자식이거나 손자, 혹은 이웃이라 상상해 보자. 당신의 딸이 붕괴된 건물더미 아래서 비명을 지르고 있다고 상상해보자. 당신의 아이가 당신의 죽음을 목격한 후 배고픔에 못 이겨 홀로 거리를 배회하고 있다고 상상해 보자. 어떻게 전쟁을 일으킬 수 있겠는가?

전쟁은 모험 영화도, 공상 영화도 혹은 비디오 게임도 아닌 인류 최대의 재앙이다. 혹시나 우리는 최첨단 무기 사용에, 전쟁 실황 생중계 자체에, 후세인의 생사에, 사막의 모래폭풍에, 그리고 밤하늘의 폭탄 섬광 등에만 관심을 두지 않았는지 생각해볼 일이다. 우리의 6.25전쟁을 상기해보자. 이라크 전쟁은 즉시 중단되어야 한다.

참고로 여기서 언급된 전쟁은 '제2차 걸프전쟁'으로, 몇 차례의 이라크 관련 전쟁 중 2003년 발발한 '이라크 전쟁'을 말한다. 전쟁의 배경은 2001년 9·11테러 사건 후 2002년 1월 미국이 북한·이라크·이란을 '악의 축'으로 규정한 것이라 할 수 있다.

그 후 이라크의 대량살상무기(WMD)를 제거함으로써 자국민 보호와 세계평화에 이바지한다는 대외명분을 내세워 동맹국인 영국·오스트레일리아와 함께 2003년 3월 17일 48시간의 최후통첩을 보낸 뒤 3월 20일 바그다드 남동부 등에 미사일 폭격을 가함으로써 전쟁을 개시하였다.

우리나라도 약 600명의 공병대와 의료지원단을 파견하여 전쟁으로 파괴된 이라크를 재건하는데 일조했다.

〈2003년 3월 29일〉

페미니즘에
'제3의 물결'이 필요하다

　　여성운동은 '페미니즘'으로 대변된다. 이 페미니즘은 더 이상 새로울 것이 없는, 어쩌면 진부한 논쟁거리이자 흘러가는 대중문화의 구성요소로 끊임없이 우리 주변을 맴도는 실속 없는 여성운동으로 전락한 감이 있다.

　　물론 페미니즘이 여성의 지위 향상 내지는 여권 신장에 큰 기여를 하였다는 점을 부정하지는 않는다. 하지만 더불어 살아가고 있는 남성이란 성의 왜곡된 측면을 공격 대상으로 삼았다는 면에서 페미니즘이 지향해야 할 본질이 흐려졌다고 본다.

　　이유는 여성운동이 일상의 생활 속에서 남성과 관계를 맺으며 시작되고 전개되어야 하는 데도 불구하고 남성을 격리하고 타도의 대상으로 삼는 '반남성 페미니즘'을 지향하기 때문일 것이다.

　　페미니즘의 태동은 남녀차별에 기인한다. 1900년 이전을 여성운동의 기반을 다진 '제1의 물결'로 본다면, 1900년 초 피억압자로서 남성과 동등한 대우를 받기 위한 운동에서 출발하여 1960년대 이후부터 남성들과 구별되는 여성들만이 가질 수 있는 특성을 강조하고 이를 통해 여성의 사회적 이익을 확장하는 방향으로 발전해 온 과정을 '제2의 물결'이라 할 수 있다.

　　그러나 제2의 물결까지 일어난 여성운동은 페미니즘이 가진 이

옥수동에 살며

론적 한계와 다양한 여성문화의 제한적 수용이라는 면에서 나아갈 방향을 잃은 듯하다. 이제는 여성운동에 '제3의 물결'이 필요하다.

제3의 물결은 인위적이고 강제적인 성 평등이 아닌, 여성과 남성이 함께하는 합리적인 페미니즘이 되어야 할 것이다. 조물주가 부여한 남성과 여성이라는 근본적인 성의 특성이나 차이를 더욱 차별화할 때 여성운동은 성공할 것이며, 가정이 급격히 해체되는 사회구조를 바로 잡을 수 있는 대안으로 자리매김할 수 있을 것이다.

가정이나 사회에서 남녀를 차별하는 각종 관행은 철폐되어야 하며, 여성운동이 방해를 받아서도 안 된다. 그러나 여성운동이 사회적으로 여성이 여성에게 차별하고 있지 않은지, 반남성 페미니즘으로 인해 가족관계에 손상을 주고 있지 않은지 반성해 볼 필요가 있다. 가정파괴에 일조하는 페미니즘은 사라져야 하기 때문이다.

여성운동, 페미니즘이란 말이 더 이상 나오지 않게 하는 것은 상당 부분 남성의 책임이며, 특히 가족관계에서의 양성평등은 사회적 남녀평등을 구현하는 기본이므로 꼭 실현되어야 한다. 남성은 여성을 바라보는 왜곡된 시각을 바로 잡아야 하고, 남성우월주의를 버려야 하며, 마지못해 여성운동에 동조해서는 안 된다.

우리나라도 남녀평등에 대한 국민적 공감대는 이미 형성되어 있으므로, 여성이 바라는 사회, 페미니즘이 사라지는 성 평등의 성숙된 시기가 곧 도래할 것이다.

〈2000년 5월 17일〉

한국인의 종교관,
과연 옳은가?

"예수를 믿으세요!"

뉴욕이나 런던 등 큰 도시 등지에서 선교 활동을 왕성하게 하는 사람들은 대부분이 한국 사람들이다. 이들은 대부분 개신교도들로 해외에서도 한국말로, 주로 한국 사람을 대상으로 선교한다. 국내에서는 서울이나 대구의 도심은 물론 시장통, 등산길에서까지도 선교 활동을 하는 사람들을 자주 목격하게 된다.

이제는 외국에서 온 선교사보다 한국에서 해외로 나가는 선교사가 더 많은 지경이 되었으며, 최근에는 무분별한 선교 활동으로 인한 여러 문제점으로 인해 선교사 파견을 없애거나 줄이고 있다는 소문이다.

세계에서 가장 깊은 신앙심과 믿음을 지닌 한국인들. 예수님이 무척이나 사랑하시는 유일한 민족일 것이다. 문제는 예수님이 한국 종교인들 대부분이 복고주의적 종교이념을 가진 '근본주의자(Fundamentalist)'라는데 대하여 퍽 우려하고 있다는 것이다.

근본주의자란 성경을 문자적으로 읽고 의심 없이 믿어야만 참된 종교인이라고 믿고 있는 사람들이며, 교리를 문자 그대로 받아들이지 않으면 기독교인으로서의 믿음이나 신앙이 없다고 주장하는 이들을 말한다. 일반적으로 이러한 주장이 기독교의 보편적인 믿음이라 생각하기 쉽지만, 사실은 미국에서, 그리고 미국 선교사의 영향을 받은 가난하고 교육 수준이 낮은 나라에서만 서식하고 있을 뿐 유럽에서는 찾아볼 수 없는 기현상이라고 한다.

캐나다 '리자이나(Regina) 대학'에서 비교종교학을 강의하는 오강남 교수가 지은 『예수는 없다』라는 책에서 예수님이 "수고하고 무거운 짐 진 자들아 다 내게로 오라. 내가 너희를 쉬게 하리라."라고 초대했을 때 예수님이 약속한 쉼은 그가 새로운 종교를 창설하고 그것을 '멍에'로 씌우려고 한 것이 아니라 '종교 자체로부터의 해방'이라고 주장한다. 그리고 "우리를 얽매는 종교는 궁극적으로 우리에게 참된 자유를 주려고 하는 종교 본연의 목적과 상충되는 것이어서…"라고 적고 있다.

실제로 많은 한국의 기독교인은 하느님과 무관하게 살면서 하느님의 일을 한다며 스스로를 기독교의 대변인으로 내세운다. 한국의 많은 교회에서 내세우는 신앙과 신조는 문자주의를 극복하지 못하여 우리를 종교에 얽어매는 전투 구호처럼 느껴진다.

"예수를 믿어야만 구원을 받아 천국에 갈 수 있고, 그를 믿지 않으면 아무리 덕과 수양을 쌓아도 구원을 받을 수 없으며, 구원받지 못하는 사람이 가게 될 곳은 결국 지옥밖에 없다."라는 배타 교리는 가톨릭 교황청이 1962년에 개최한 제2차 바티칸공의회에서 "교회 밖에도 구원의 가능성이 있다."라는 선언이 나오기 전까지 천주교와 개신교를 막론하고 기독교의 중심교리였다.

문제는 이 신념 체계가 예수의 가르침도 아닐뿐더러 인간 세상을 매우 해롭게 한다는 것으로, 가톨릭은 바티칸공의회 이후 공식적으로 '배타주의'에서 벗어나 '포괄주의'로 돌아섰다. 개신교의 본산지인 유럽에서도 이 배타적이고 독선적인 교리를 아직까지 믿고 있는 사람이 거의 없어졌다.

그런데 기독교 후진국인 미국에서는 교인의 30~40%, 미국 교회의 아류인 한국에서는 80~90%의 교인들이 아직까지도 이 낡은 교리를 그대로 믿고 있다. 하지만 이 배타교리는 반드시 극복해야 한다. 그렇지 않으면 인간 세상에 끝없는 갈등을 양산할 수밖에 없기 때문이다.

한국 종교의 문제, 무엇이 해결책인가? 기독교인은 기독교만이 유일한 종교이며, 예수님이 유일한 구원자라는 생각의 족쇄에서 벗어나 모든 종교가 진리와 구원의 길에 동참할 수 있다고 믿어야 한다. 다시 말해 배타주의, 문자주의 종교관에서 벗어나 종교의 다원주의를 포용하는 것이다.

그리고 '자신의 뜻'을 '하느님의 뜻'으로 착각하지 않는 것이다. 이를 착각하여 행동한다면 하느님께 큰 죄를 짓는 것이다. 이것은 기독교인뿐만 아니라 타 종교를 믿는 종교인에게도 적용되어야 할 원리이다.

다시, 오강남 교수의 글을 보자.

"예수를 안 믿는 것보다 훨씬 문제인 것이 그릇 믿는 것이다. 예수를 바로 믿지 않는다면 차라리 믿지 않는 게 낫다."

한국인의 종교관, 과연 옳은가?

〈2002년 6월 20일〉

욱수동에 살며

환경음식점 제도

　　환경부가 오는 5월부터 '환경음식점 제도'를 실시한다
고 한다. 모범위생업소 중 음식물 쓰레기 줄이기와 재활용, 일회용
품 사용 억제 및 재활용품 사용, 유기농산물 사용 등에 참여하는
환경친화적인 업소가 우선적으로 실시 대상이 된다. 이 제도의 주
목적은 음식물쓰레기 줄이기와 국민 음식 문화의 변화 유도이다.

　　1999년도 음식물쓰레기는 하루 1만 1천 230톤으로 전체 쓰레
기의 약 27%를 점하고 있다. 이 쓰레기는 대부분 음식점 및 가정
에서 발생한다. 발생한 음식물 쓰레기의 재활용도 중요하나, 근본
적으로 발생하는 음식물쓰레기의 양을 줄여야 한다. 이를 위해 우
리의 음식 문화를 바꿀 필요가 있다. 다시 말해 음식 문화를 바꿔
야 음식물 쓰레기가 줄어든다는 말이다.

　　서양 사람들이 음식을 먹는 유형은 '시간계열형'이다. 한 끼의
식사가 시간의 흐름에 따라 제공되며, 먹고 싶은 양만 먹을 수 있
고 디저트를 마지막으로 음식 먹기가 끝난다.

　　반면 우리는 모든 음식을 한 상에 모아서 먹는 '공간전개형'이
다. 이 방식은 많은 음식이 한 번에 제공되므로 먹지 못하여 남기
는 음식물 쓰레기가 많이 발생한다. 또한 자신이 먹을 수 있는 음
식의 양을 자신이 조절할 수 없는 형태이기도 하다. 그러므로 우리
는 특정 요리의 진미를 맛볼 수 있고 음식쓰레기를 줄일 수 있는

시간계열형으로 바꿀 필요가 있다.

국내외에 있는 한국 음식점에선 외국인을 좀처럼 볼 수 없다. 호기심에 한번 찾은 후 발길을 끊는다. 왜 그럴까? 음식이 너무 맵고 짜서 그럴까? 김치 냄새 때문일까? 요리 형태가 아닌 반찬 때문일까? 정제되지 못한 탕 요리 때문일까? 다 맞는 말이다.

외국인들의 주요 불평 중 하나는 "음식이 너무 한국적이어서 먹을 만한 것이 없다."라는 것에 있다. 이것은 일상에서 먹는 한국 음식들이 국제화되지 못했음을 뜻한다. 우리의 자녀들이 외래 음식을 선호하고 한국 음식을 꺼린다고 걱정한다. 걱정할 필요 없다. 한국 음식을 국제화시키고 맛있게 만들면 된다.

한국 음식만이 건강식이라는 고정관념은 재고하여야 한다. 가까운 나라인 중국과 일본 음식의 조리법, 식단 세팅법 등을 배울 필요가 있다. 저들의 식단은 음식물 쓰레기가 거의 발생하지 않는다.

공간전개형인 우리네 음식 문화에서는 항상 남는 음식이 생긴다. 음식점에서 남는 음식을 포장해 가져가고 싶으나, 한식은 반찬 위주의 찌개나 탕류의 음식이 주가 되므로 남은 음식을 포장해 가기가 불편하다. 남은 음식은 쓰레기로 처리되며 특히, 남은 탕류의 음식은 환경오염의 주원인이 된다. 이를 막기 위해 우선 가정이나 음식점 등에서 탕류 음식 제공을 지양하고 많은 반찬을 곁들인 식사보다는 특정 요리 위주의 식단을 꾸리는 것을 추천한다.

전통적인 조리방식을 고집하기보다 한식의 질감 및 요리 과정 등을 과학적으로 분석해 새롭고 표준화된 조리법을 보급하고, 새로운 한식 메뉴를 지속적으로 개발하여야 한다. 혹시 이 글을 읽는 독자분들은 한 번이라도 우리 밥상을 유심히 본 적이 있는지 궁금하다. 모든 반찬이 밥이 싱거워서 먹는 보조식품 역할을 하는데, 고추장과 마늘로 도배를 하여 모두 붉은색이다. 이게 한국음식의 현주소이다.

이제 조리 방식을 개선하고 새로운 재료를 첨가하여 모든 세계인이 즐겨 먹을 수 있는 한식으로 거듭나야 한다. 그리고 과학적이고 환경친화적인 음식문화를 도입해야 한다.

앞에서도 강조했듯이 우리의 음식 문화를 바꾸지 않고선 음식 쓰레기의 양을 줄일 수 없다. 전통 한식 식단의 고집은 음식 문화를 바꾸지 못한다. 이것은 고유의 음식 문화를 없애자는 것이 아니고 음식의 맛과 조리법, 먹는 방법을 개선하여 음식 문화의 선진화를 이룩하고자 함이다.

5월부터 적용되는 '환경음식점 제도'를 환영한다.

〈2000년 4월 2일〉

제3부

클리핑(clipping) 모음

제3부에 대하여

제3부에서는 사회생활을 하면서 내가 경험한 일 중에서 결혼식에서 몇 번의 주례를 본 것이나, 교장직에 응모한 것이나, 집에서 각종 서류 정리 중 특별히 발견하였거나, 신문이나 매거진, 인터넷 웹사이트에 올라가 있는 교육 활동 관련 글들을 모았습니다.

많은 사회 활동을 하였습니다만, 오래된 자료는 없고 주로 마지막으로 근무한 학교에 관한 자료가 몇 개 남아 있네요. 인터넷 웹사이트에 올라간 자료도 세월이 흘러가 많이 없어졌습니다. 책을 낼 계획을 미리 세웠더라면 여러 이벤트 과정을 기록한 글을 잘 모아놓았을 텐데… 하는 아쉬움이 내내 남습니다. 과거에는 별것 아닌 것으로 생각했는데 지금 보니까 모든 것이 소중하게 느껴집니다.

지금부터라도 나와 가족 및 친인척과 관련된 소중한 이벤트는 무엇이든 잘 정리하고 보관해야겠습니다. 아들에게도 잘 주지시키겠습니다.

제3부는 교장직에 응모할 때 쓴 나의 이력서부터 시작합니다. 이력서는 올리지 않으려고 하다가, 그래도 내가 쓴 글모음에 포함하는 것이 의미가 있어 보여 올리기로 결정하였습니다. 응모할 때 시간이 없어 대충 작성한 관계로 이력서가 형편없습니다. 또한 사적인 일부 내용은 삭제하고 편집하여 올렸음을 알려드립니다.

자기소개서

한국항만물류고등학교
공모 교장 지원자 백기언

　　국가 해운물류 산업의 동향과 발전에 깊은 관심을 지닌 지원자 백기언입니다. 한국항만물류고등학교 교장직에 응모하게 되어 매우 기쁩니다. 그렇지만 한편으로는 국가 물류 산업에 종사할 인재를 양성하는 마이스터고인 항만물류고등학교의 교장직에 도전하는 저의 경험과 능력이 부족하지나 않을까 걱정이 되기도 합니다.

　　하지만 저는 제가 가진 모든 학문적 지식과 실무적 경영 능력, 시대를 앞서는 세계관과 상황 판단력, 또한 저의 덕목인 고도의 성실성과 윤리성, 그리고 개혁성이 저의 우려를 충분히 커버할 수 있다고 판단해 막중한 자리에 지원합니다.

　　화려한 경력의 소유자는 아닙니다만, 이번 기회가 저에게 주어진다면 성실하게 저의 직무를 수행할 것을 약속드리며 국가 물류의 허브인 광양항을 기반으로 설립된 한국항만물류고등학교를 국내 최고의 경쟁력을 지닌 명문 마이스터고로 육성하겠습니다.

〈성격 및 지원 배경〉

오래전부터 저는 주위에서 사교적이고 원만한 성격을 가졌다고 듣고 있습니다만, 개인적으로 논리적이고 치밀한 성격이 아니었습니다. 그러나 해병으로서의 군 복무와 짧지 않은 미국에서의 학업과 한진해운 및 현대상선 근무 경험은 저의 느슨한 성격을 치밀하고도 주도면밀하게 바꾸는 계기가 되었습니다.

이론과 실무에 바탕을 둔, 그리고 합리적 검증이 보편화된 미국 문화의 장점만을 잘 받아들인 결과라고 생각합니다. 이러한 저의 성격이 한국항만물류고등학교의 교장직을 충분히 수행할 수 있는 바탕이 된다고 생각합니다.

한국 해운물류 산업의 2대 중심축인 광양항에 기반을 두고 있는 한국항만물류고등학교는 한국의 물류 산업을 선도할 영 마이스터를 양성하고 있습니다.

우수한 영 마이스터의 양성은 광양항에 우수한 인력을 공급하여 항만이 처한 문제를 해결할 수 있고, 나아가 대한민국의 물류 산업의 발전에도 큰 기여를 할 것입니다. 따라서 한국항만물류고등학교의 교육을 책임질 교장의 책무는 막중하다 아니할 수 없습니다.

따라서 학교 경영의 효율과 혁신을 동시에 추구하는 경영마인드를 지닌 제가 교장의 직을 수행할 수 있다면 한국항만물류고등학교를 한국에서 가장 혁신적이며 효율성 있는 교육기관으로 탈바꿈시키겠습니다. 이러한 저의 계획과 의지가 당해 학교장의 직에 응모한 계기입니다.

욱수동에 살며

또한 한국항만물류고등학교에 개방형 교장공모제를 적용한 전남교육청의 의도를 충분히 이해하고 있기에 국제운송경영, 해운물류 및 항만관리와 관련된 학문적 지식과 실무적 경험을 가진 제가 충분히 소임을 다 할 수 있다고 판단하여 당해 직에 지원하게 되었습니다.

〈학교 경영 철학〉

저는 학교가 단순히 지식을 교환하는 장소가 되어서는 안 된다고 생각합니다. 일반 고등학교와는 달리 마이스터고는 3년의 교육 기간 동안 학생의 인생관이 형성되고 사회진출의 준비가 마무리되는 곳이라 생각합니다. 따라서 학교는 학생들이 실력을 갖추어 기업에 잘 적응하고 학교를 떠난 후의 삶이 행복해질 수 있도록 잘 교육해야 할 의무가 있다고 사료됩니다. 이를 위하여 다음 사항을 학교를 경영하는 원칙으로 삼겠습니다.

1) 올바른 도덕인: 건전한 도덕적 가치를 바탕으로 바른 인성을 갖춘 인재 양성
2) 창의적 실력인: 산업 수요 맞춤형 교육과정 운영으로 취업역량을 갖춘 인재 양성
3) 글로벌 문화인: 글로벌 시대의 문화적 다양성에 능동적으로 대처하는 인재 양성
4) 물류 마이스터: 영 마이스터로서 자질을 갖추고 국가 물류산업을 선도할 인재 양성

〈교육 관련 사항〉

학부 과정은 건국대학교에서 농공학을, 뉴욕주립대 대학원 석사 과정에서는 국제운송경영을 전공하였고, 박사과정에서는 한국해양대학교에서 해운경영학을 전공하여 경영학 박사학위를 취득하였습니다.

그리고 특별과정인 이스라엘 연수, 영국에서의 영어 연수, 석사과정 후 뉴욕의 WTI에서 무역·물류 전문 과정 수료는 또 다른 실천학문을 접하게 되는 계기가 되었습니다.

학부 과정에서 자연과학 분야의 전공은 이후 석·박사과정의 전공 심화에 도움이 되었으며, 학문 간 융합이란 측면에서도 큰 도움이 되었습니다. 그리고 기업 현장의 경험을 통해 대학 강의 시 학생들에게 살아있는 지식을 제공할 수 있었고, 3권의 전공 서적 출간 및 30여 편의 해운물류 관련 논문을 발표하는 데도 큰 도움이 되었습니다.

학회 활동은 IAME(International Asso. of Maritime Economists), 한국물류학회, 한국해운학회 등에서 하였으며 이를 통하여 전공 관련 많은 지식을 축적할 수 있었습니다.

그리고 순천대학교, 계명대학교에서 국제물류관리, 국제운송론 전공과목을 강의하였고 교수로 재직한 대구산업정보대학에서는 국제마케팅, 무역·물류 실무, 재무관리 등의 전공과목을 가르쳤습니다.

욱수동에 살며

〈전공 및 경력과의 관련성〉

저는 국제물류의 한 분야인 해운 경영을 전공하였습니다. 관심 분야는 SCM의 한 축인 항만을 이용한 인터모달 운송 시스템입니다. 특히 철도 및 해상운송을 연계한 운송 시스템을 깊이 연구했습니다.

박사학위 논문도 「한국 정유회사의 탱커 운송 로지스틱스 의사결정 요인에 관한 연구」로 정유기업이 최적의 운송 로지스틱스를 구현하는 요인을 밝혀내는 것을 연구의 주목적으로 하였습니다.

앞으로 항만은 선박을 이용한 화물운송 서비스의 제공만이 아니라 이종의 해상운송수단, 항공, 철도, 그리고 파이프라인 운송 시스템 등과도 깊은 관련을 맺고 있기 때문에 기업 및 선사가 함께하는 토털 솔루션 서비스를 제공하는 쪽으로 발전할 것이라 생각합니다.

저는 제가 전공한 학문이 한국항만물류고등학교장이 지녀야 할 필수적인 지식이라 보고 있습니다. 이 지식은 단순한 운송 하부 구조의 이해뿐만 아니라 국제 로지스틱스 시스템의 환경 및 서비스에 관한 내용을 포함하고 있습니다. 그리고 이러한 전공지식은 실무의 경험(한진해운 : 복합운송 및 항만 터미널 관리, 현대상선 : 항만물류 부문)과 결합되어 검증되었다고 할 수 있습니다.

그리고 한국항만물류고등학교가 개설하고 있는 전공, '물류장비기술과' 및 '물류시스템운영과'에서 어떠한 교육을 시키고 양질의 교육을 위해 무엇을 필요한지를 잘 알고 있습니다. 이에 덧붙여 현재 당해 고교가 당면한 조직 관리, 경영 혁신 등 현실적인 문제도 해결할 수 있는 능력을 가지고 있다고 감히 말씀드릴 수 있습니다.

〈주요 업무 성취〉

미국 뉴저지 엘리자베스에 위치한 ㈜한진해운 씨랜드(Sea-Land) 터미널에서 트래픽 컨트롤(Traffic Control), 항만장비관리(M&R) 및 인터모달(Intermodal) 업무를 처리했습니다. 그리고 시애틀과 롱비치항 수출입 컨테이너를 시카고를 경유하지 않고 동부 지역, 특히 볼티모어와 필라델피아 직항 운송노선을 개발하여 비용을 크게 절감시켰으며, 동부 지역의 채시 풀 시스템(Chasis Pool Sys.)을 확립하는 등 화물 운송 시스템을 크게 개선하였습니다. 이 외 주요 업무 내용은 아래와 같습니다.

1) 터미널 관리 및 씨랜드와의 운영협의
2) 운송에서 발생하는 M&R, Per Diem, Demurrage 등 업무처리
3) Southern Pacific, Burlington Northern, Norfolk Southern 등 주요 철도 회사 및 트럭운송업자와의 운송관리
4) 운송브로커, 포워드, 송수화인에 대한 정보제공 및 컨설팅

㈜현대상선 본사에서 항만물류 부 과장으로 재직하면서 해외 물류 관리 및 개발 업무를 책임졌습니다. 실적으로는 현대상선의 '동남아 항로 활성화' 정책에 따라 홍콩 지역에 약 12,300㎡ 규모의 창완 데포(Depot)를 기획하고 완공하였습니다. 그 결과 현대상선의 홍콩 지역 물류 활동을 한층 효율화하는데 일조를 하였습니다.

벤처기업인 ㈜씨비엔바이오텍 재직 시 대표이사 겸 CEO로서

경영을 총괄하였습니다. 기업의 마케팅 방법을 개선하여 2005년도에는 전년 대비 30% 이상의 매출 신장을 이룩하였으며 재직기간 동안 중소기업 기술혁신 은상(산업자원부 장관상)을 수상하였습니다.

지금까지 지원 배경, 전공 및 경력에 대하여 간단히 기술하였습니다. 제가 작성한 자기소개서가 심사위원님들이 필요로 하는 충분한 정보를 제공하지 못할 수도 있음을 인지하고 있습니다. 기회를 주신다면 1차 심사에서 자기소개서 내용을 보충할 질의 사항에 대해 더 자세히 설명 드리겠습니다.

교장공모 지원에 최선을 다할 것을 약속드립니다.

이상으로 저의 소개를 마치겠습니다. 작성한 자기소개서를 끝까지 읽어주셔서 감사드립니다.

2013년 7월 11일

지원자 : 백기언 (인)

국가물류산업을 선도하는 명문 마이스터고
'先人間 後知識' 교훈 아래 현장밀착형 기술명장 양성

한국항만물류고등학교(백기언 교장)는 물류 장비 기술과 및 물류시스템 운영과를 설치하여 영 마이스터를 배출하고 있는 명문 마이스터고등학교이다. '선인간 후지식(先人間 後知識)'의 교훈 아래 산업체 맞춤형 교육과정 운영으로 산업계가 요구하는 현장밀착형 기술명장을 양성하고 있다.

또한 학생이 가진 무한한 가능성과 창조성이 발휘되도록 교육하고 있으며, 좋은 학교 교육을 통해 학생 개개인이 훌륭한 인격체로 성장해 나가는데 주력하고 있다.

특히 한국항만물류고등학교는 국가물류산업을 선도하는 전통 명문 마이스터고의 명성을 계승하고 글로벌 경영환경 변화에 능동적으로 대처할 수 있는 훌륭한 기술인력 양성에 혼신의 노력을 다하고 있다. 그 교육현장 중심에 있는 백기언 교장을 본지에서 만났다.

학교전경

- 한국항만물류고등학교를 간단히 소개한다면?

우리 학교는 1953년에 설립되어 2009년에 항만물류 분야 특수목적고등학교인 마이스터고로 전환되었으며, 현재 물류 장비 기술과 및 물류시스템 운영과를 설치하여 매년 100명의 물류 마이스터를 배출하고 있습니다.

우리나라 제2대 컨테이너 항만인 광양항을 기반으로 설립되었으며, 전국 유일의 항만물류 분야의 마이스터고로 전국의 물류 기업이 선호하는 명문 마이스터고로서 성장하고 있습니다.

또한 '선인간 후지식(先人間 後知識)'의 교훈 아래 산업체 맞춤형 교육과정 운영으로 산업계가 요구하는 현장밀착형 기술명장을 양성하고 있으며 국가와 지역사회에 봉사할 수 있는 정직, 성실한 인재를 배출하는 교육기관입니다.

- 근황 또는 교장 선생님의 일과는 어떠한지?

한국항만물류고등학교는 300여 명의 전교생이 학내 기숙사에서 생활하고 있습니다. 학생들은 아침 6시에 기상하여 오후 9시까지 각종 교육 활동을 수행하고 밤 11시 이후에 취침하게 됩니다. 저도 학교 인근 관사에서 생활하고 있어 학생들과 유사한 생활패턴을 가지고 있습니다. 이외에도 많은 시간을 할애하여 학생과 선생님의 교육 활동 지원 및 산학협력 등에 주력하고 있습니다.

- 귀교의 교육 목표를 어디에 두고 있는지?

우리 학교는 '선취업 후진학' 시스템 아래 항만물류 분야의 창의, 혁신을 선도할 영 마이스터를 육성하기 위한 분명한 교육 목표를 가지고 있습니다.

이를 실현하기 목표로는 ▲건전한 도덕적 가치관을 바탕으로 바른 인성을 갖춘 인재 양성(올바른 도덕인) ▲산업 수요 맞춤형 교육과정 운영으로 취업역량을 갖춘 창의적 인재 양성(창의적 실력인) ▲글로벌 시대의 문화적 다양성에 능동적으로 대처하는 인재 양성(글로벌 문화인) ▲영 마이스터로서 자질을 갖추고 국가 물류 산업을 선도할 인재 양성(물류 마이스터)에 두고 있습니다.

- 교육 목표를 이루기 위한 제도나 시스템이 있다면?

여러 제도나 프로그램이 있지만, 그중에서도 정규수업이 끝난 월, 수 오후 9교시와 10교시에 이루어지는 자율동아리 프로그램,

옥수동에 살며

그리고 화, 목요일의 동시간대에 실시하는 전공심화 프로그램을 통해 특기 적성교육, 인성교육, 자격증 취득, 국제 물류를 위한 어학 능력 향상 등을 꾀하는 교육이 앞에서 언급한 인재 양성의 기초가 되는 교육 시스템입니다. 이를 바탕으로 기업체 위탁 교육, 현장실습 등이 후속적으로 행해지게 되어 물류 기업이 원하는 영 마이스터를 양성합니다.

- 방과 후 학교 운영과 성과는?

방과 후 교육 활동은 그야말로 정규 교육과정을 보완하는 다양한 교육 경험을 제공하여 학교의 교육 기능을 보완하는 역할을 하고 있어 매우 중요한 기능을 수행하고 있습니다. 특히 수요일 방과 후 교육 활동은 전교생이 기숙사 생활을 하는 본교로서는 학생의 인성은 물론 삶의 질을 향상시키는 주요한 교육 활동입니다.

주 3회 월, 화, 목요일에 실시하는 방과 후 교육 활동은 토익반을 포함하여 총 17개 프로그램이 운영 중이며, 특히 학생들의 소질과 적성 계발 및 특기 신장을 위해서 운영하는 수요 방과 후 교육 활동은 해금 교실을 포함하여 총 14개의 프로그램으로 구성되어 있습니다. 작년도에 방과 후 학교에 대한 평가에서 학부모와 학생들의 호응이 매우 뜨거웠던 기억이 납니다. 올해도 학생 설문 분석에 따라 프로그램 및 강사를 선정하여 실시하고 있습니다.

- 학부모의 참여 활동을 위한 방안이 있다면?

졸업 후 100% 취업을 지향하는 우리 학교는 여타 일반고와는 달리 학부모의 학교 운영 및 참여 활동이 제한적입니다. 아마 마이스터고의 특성상 신입생 모집을 전국 단위로 실시하는 영향도 있을 수 있겠죠. 그러나 우리 학교의 학부모들이 제일 관심을 두고 있는 부분이 취업 관련 활동입니다.

학부모 대상 학교설명회

그래서 학부모님들을 학년별도 연 2차례 학교로 초청하여 학교 소개 및 취업 상황을 설명하는 행사를 치르고 있으며, 학부모들이 많이 참석하여 학교의 취업 활동에 조언하며 지원하고 있습니다. 그 외에도 교내체육대회, 축제일, 기숙사 신입생 오리엔테이션 등 행사 시에 부모들의 참여가 높습니다.

욱수동에 살며

- 마이스터고로서 중요한 취업 전략과 최근의 취업률은?

'선취업 후진학'을 표방하는 마이스터고로서는 졸업생의 취업률이 가장 중요한 요소임이 자명합니다. 그러나 본교는 취업률 향상을 위한 교육 못지않게 물류 분야의 마이스터가 가져야 할 기본 소양 교육, 즉 사회에 봉사하며 남을 배려하는 인성교육, 글로벌 문화의 다양성에 능동적으로 대처할 수 있는 인재를 양성하는 문화 교육에도 큰 비중을 두고 있습니다.

개인적으로 산학협력을 강력히 추진한 결과 취업대상 기업도 ㈜대진, ㈜은산, CJ대한통운, 현대중공업, 한국수력원자력 등으로 다양해졌으며, 취업처도 전국적으로 확장되었습니다. 2015년 2월 졸업생들의 취업률은 91.4%입니다. 취업률도 중요하지만 학생이 진정한 물류 분야의 마이스터로 성장하는데 도움이 되는 취업이 되어야 하므로 우리 학교는 취업의 질을 우선으로 고려하고 있습니다.

우리나라는 아직 고졸 취업이 정착되지 않은 단계에 있습니다. 그러나 풍부한 직업 교육 지식과 다양한 현장실습 경험을 바탕으로 인성이 출중한 학생을 배출한다면 사회와 기업은 이러한 학생을 원할 수밖에 없다고 믿고 있습니다.

- 교장 선생님께서 교직에 입문하게 된 동기는 어떻게 되는지?

전국의 마이스터고등학교에서는 학교장을 공모로 선발하고 있습니다. 2013년 9월에 전남교육청 공모제를 통하여 한국항만물류고등학교장에 임용되었습니다. 물류 분야가 저의 전공이고, 항상 청소년 교육에 큰 관심을 가지고 있었습니다.

고등학교에 근무하는 것은 처음입니다만, 임용 전에 해운기업, 벤처기업 CEO, 그리고 대학교수로 재직한 바 있습니다. 고등학교 근무는 무언가 항상 새롭다는 느낌이 들어 즐거운 마음으로 하루하루 학교생활을 영위해가고 있습니다. 또한 한국 물류 분야를 이끌어 갈 영 마이스터를 배출한다는 사명감을 가지고 항상 긴장하고 있습니다. 자라나는 청소년을 교육한다는 그 기쁨은 무엇과도 견줄 수 없겠죠.

- 교장 선생님의 교육관이나 가치관을 말씀해 주시죠?

저의 교육관은 소박합니다. 고등학교장으로서 학생들에게 훌륭한 민주시민이 될 역량과 토양을 길러주는 것입니다. 지금 우리 사회를 보면 국가와 민족을 위하여 보이지 않는 곳에서 열심히, 성실히, 그리고 정직하게 일하며 살아가는 소시민들이 있습니다. 소시민은 따듯한 가족과 가정을 중요시합니다. 저는 한국에 이러한 소시민이 많은 나라를 만드는 교육을 하고 싶습니다. 물론 물류 분야의 영 마이스터를 배출하는 교육을 펼쳐야 하는 것은 우리 학교의 핵심가치입니다.

- 교직에 재직하시면서 가장 보람 있었던 일은?

학교 부임 2년 차인 올해 전남 마이스터고 및 특성화고를 통틀어 91.4%의 취업률로 1위를 달성하였을 때입니다.

- 교육계가 앞으로 나아갈 방향이나 교장 선생님의 견해를 말씀해 주시죠?

현재 마이스터고를 운영하는 관리자 입장에서만 말씀드리겠습니다. 교육계는 아주 광범위한 조직 체계를 형성하고 있습니다. 특별히 인간만이 20년 가까이 제도권 교육을 받고, 이후 평생교육을 받으며 살아가야만 하는 현실 속에서 교육은 그 무엇보다 중요하다고 할 수 있습니다. 인간 삶의 진화는 필수적으로 교육의 변화를 초래합니다. 따라서 교육계는 이러한 변화에 능동적으로 대처해야 합니다.

그러나 어떤 정치나 경제적 이해득실에 따라 교육계가 변하고 교육 알맹이가 바뀌는 일은 없어야 한다고 믿습니다. 이명박 정부 때 태동한 마이스터고는 이제 성숙기에 들어섰습니다. 우리나라 교육 체질을 변화시킬 수 있고 국가 직업 교육의 선도 모델이 될 수 있는 학교임에도 불구하고 예산 삭감을 포함한 여러 면에서 역차별받는 현상이 발생하고 있습니다. 이같은 일은 재고되어야 하며, 마이스터고를 다른 일반고와 같은 제도권에 묶지 말고 학교 경영에 더 많은 융통성을 부여해야 합니다.

예를 들면, 학교장에게 교사 선발권을 부여하는 것은 마이스터고의 발전을 위해서 아주 중요한 혁신이 될 수 있을 것입니다. 마이스터고는 우리나라 고교 직업교육의 표상입니다. 교육계의 끊임없는 반성과 노력이 필요한 시기입니다.

교육평론 〈2015년 7월호〉

팬스타트리, 한국항만물류고와 산학협력 체결
교육과정 수립, 현장 견학 및 취업지원 등 다양한 활동 예정

(주)팬스타트리와 한국항만물류고간 산학협력 체결식

팬스타그룹의 선박 관리 전문회사 (주)팬스타트리(대표이사 손재형)와 한국항만물류고(교장 백기언)는 4월 11일 부산 중구 중앙동 팬스타그룹 사옥에서 상호 교류 및 항만물류 전문 인력 양성을 위한 산학협력을 체결했다.

이날 협약에 따라 팬스타트리는 항만물류고와 산학협력위원회를 구성, 인적자원 및 학술, 지식 등 상호교류를 통한 산학협력 방안을 추진해 나갈 예정이다.

또, 팬스타트리는 항만물류고 학생들을 위해 하역 현장 및 팬

욱수동에 살며

스타 신항 국제물류센터 견학 등을 지원해 학생들이 생생한 현장 지식을 습득할 수 있도록 하고 항만물류고의 관련 교과과정 수립 및 개선에도 협력하기로 했다.

손재형 팬스타트리 대표는 "항만물류고와의 산학협력을 통해 학생들이 생생한 현장실무를 배울 수 있게 돼 기쁘다."면서 "앞으로도 성공적인 산학협력을 통한 해운업계 발전을 위해 다방면으로 노력, 기업의 사회적 책임을 다하겠다."라고 말했다.

팬스타트리가 속한 팬스타 그룹은 2008년 동서대를 시작으로, 2012년 전주대, 울산외국어고, 2013년 김천과학대 및 동의과학대, 2015년 영산대 및 부산대와 산학협력 협약을 체결, 기술정보 및 연구자료 등을 제공하고 학생들의 취업 활동을 지원해오고 있다.

한편, 팬스타트리는 ISM 안전경영 시스템에서부터 선박 입·출항 신고 대행 업무, 선용품 공급, 선박 부품 조달, 선박 수리, 해상인력 공급 및 관리, 보험 관리, 신조 기획 및 감리, 해운 관련 컨설팅 업무와 재무 관리에 이르기까지 거의 모든 해운 서비스를 제공하는 선박 관리 전문회사다.

또 전남 광양시 소재 항만물류고는 물류 장비 기술과와 물류 시스템 운영과를 두고 각 학과에서 항만하역장비 운용 및 정비와 실습, 수출입 통관 및 포워딩 등을 중점적으로 교육하는 항만물류 부문의 마이스터고다.

아주경제 〈2016년 4월 11일〉

광양 제철소에
지역 고교생 채용 당부

특성화 고등학교가 포스코 광양 제철소에 지역 인재 채용을 당부하는 등 광양 제철소에 대한 건의가 잇따랐다.

광양 항만물류고등학교 백기언 교장은 최근 광양시 상황실에서 열린 기관장급 정례 모임 '광양시 발전협의회'를 통해 "광양제철소가 마이스터고나 특성화 지역 고등학교에 취업 기회를 주지 않고 있다."라며 "포스코 차원에서 일부 지역 고교생을 대상으로 모집하지만, 광양 제철소는 지역에 개방하지 않고 있다."고 아쉬워했다.

백 교장은 "전라남도교육청 명의로 백승관 전 광양 제철소장(현 SNNC 사장)에게도 이같은 지역 고교생 채용 공문을 보내기도 했지만 아직 실현되지 않는 실정."이라고 덧붙였다.

백 교장은 "항만물류고의 경우 '물류'라는 이름 때문에 채용을 꺼릴 수 있으나, 기계·전기·전자도 공부한다."라며 "고교 졸업 후 취업하고 군 전역 후 복직한다면 특성화 고교의 취지를 살리는 방법."이라고 강조했다.

안동일 광양 제철소장은 이에 대해 "일부 대학은 인원 할당이 돼 있다."라며 "고교의 경우 인사 부서에 파악해 보겠다."고 전했다.

또 정현복 광양시장은 "지역 경제가 바닥이니 많은 투자를 해 달라."고 요구했다.

안 소장은 "5 고로 개수를 위해 내년에 공사에 착수한다."라며 이어서 "4 고로도 개수할 예정."이라고 지역 경제 활성화를 지원할 뜻을 밝혔다.

전남 CBS 〈2015년 3월 9일〉

취업률 95%, 한국항만물류고 '마이스터고' 저력
'산학연관, 체계적 프로그램' 효과 톡톡

　　　　전남 광양시에 있는 한국항만물류고등학교(교장 백기언)가 올 졸업생 취업률이 95%에 육박한 것으로 나타나 마이스터고로서 위상을 드높이고 있다. 항만물류고 2017년 1월 기준 취업한 학생은 총 99명 중 92명으로 94.84%에 달한 것으로 나타났다.

　　한국항만물류고에 따르면 올해 예비 졸업생들의 취업처를 보면 CJ대한통운㈜ 6명, 한국수력원자력㈜ 3명, 한국전력공사 2명, 한국철도공사 1명, 한국풀운영㈜ 13명, 오뚜기물류서비스㈜ 등 30개 업체 61명이 취업한 것으로 나타났다.

　　항만물류고가 이처럼 높은 취업률을 달성하는 배경에는 다양한 기업과 연관, 산학협력을 추진하고 있기 때문이다. 항만물류고는 CJ대한통운, 은상해운항공 등 89개의 산학협력 기업과 MOU를 체결했는데, 지난해에는 한국풀운영㈜ 등 7개의 업체와 취업 연계 MOU를 체결했다.

욱수동에 살며

물류업계 전문가 초청 특강

전병귀 한국항만물류고 산학협력취업부 부장은 "학교 특성에 맞는 물류 업체의 발굴과 취업 확정형 MOU를 체결하기 위해 산학협력취업부에서 업체 정보를 수집하고 수시 발굴을 위해 힘쓰고 있다."라고 강조했다.

항만물류고는 1학년을 대상으로 여수·광양항만공사, 광양항 홍보관, 부산항 홍보관, 현대부산신항만㈜ 등 산업체 현장 체험학습을 실시하고 있다. 여름방학에는 광양, 여수, 부산에 있는 5개 업체에 산업체 현장체험학습을 실시, 학교에서 배운 지식을 현장에서 적용할 수 있는 기회를 마련해서 영 마이스터로 성장할 수 있는 발판을 마련하고 있는 것도 특징이다.

취업 인턴쉽 프로그램으로 CJ대한통운 주니어 트랙 반과 한수원 반을 운영해 인턴으로 확정된 학생들이 최종 합격할 수 있도록 체계적으로 지도하는 프로그램도 학생들의 취업에 큰 도움이 되고 있다.

이밖에 개인 맞춤형 일자리 정보탐색을 위해 △이력서·자기소개서·입사지원서 작성 방법 안내 △'졸업생 추수지도'를 통한 학교와 기업 간 신뢰도 향상 △내일로 스쿨캠프 및 선배 특강 프로그램 등 취업역량 강화 프로그램 강화 등을 통해 기업에서 요구하는 인재가 갖추어야 할 요건들에 대해서 재학생들은 실질적인 정보를 얻고 있다. 이문선 교감은 "다양한 취업 지도의 내실화를 통해 학생들의 능력을 적극 발굴하는 까닭에 학생 및 학부모의 만족도가 높다."라고 전했다.

백기언 교장은 "전국 유일의 물류 마이스터고인 한국항만물류고는 '선인간 후지식'의 교훈 아래 산업체 맞춤형 교육과정 운영으로 산업계가 요구하는 현장밀착형 기술명장을 양성하고 있다."면서 "국가와 지역사회에 봉사할 수 있는 정직, 성실한 인재를 양성하기 위해 다양한 활동을 펼치겠다."라고 다짐했다.

광양신문 〈2017년 2월 6일〉

옥수동에 살며

'先人間 後知識' 현장밀착형 인재 양성
백기언 교장 "학교장에게 교사 선발권 부여해야"

백기언 교장

백기언 전남 한국항만물류고등학교 교장은 교훈인 '선인간 후지식(先人間 後知識)'을 교육 목표로 강조한다. 이에 백 교장은 산업체 맞춤형 교육과정 운영으로 산업계가 요구하는 현장밀착형 기술명장을 양성하고 있다. 특히 국가와 지역사회에 봉사할 수 있는 정직, 성실한 인재 양성에 주력하고 있다.

백 교장은 공모 교장으로 2013년 9월에 임용됐다. 물류 분야가 전공인 그는 임용 전에 해운기업인 한진해운과 현대상선에 재직한 바 있다.

백 교장은 한국 물류 분야를 이끌어 갈 영 마이스터를 배출한다는 사명감을 가지고 항상 긴장하고 있다. 백 교장은 "대학에서도 근무해 보았지만, 대학에서는 느낄 수 없는 보람이 있고 학생들과 항상 같이 생활하고 있다는 느낌이 있어 모든 교육 활동에 세심한 정성을 기울이고 있다."라고 말했다.

부임 2년 차인 백 교장은 올해에 전남 마이스터고 및 특성화고를 통틀어 91.4%의 취업률로 1위를 달성한 것을 보람으로 생각한다.

백 교장은 "교육계는 변화에 능동적으로 대처해야 한다."라며 "어떤 정치나 경제적 이해득실에 따라 교육계가 흔들리거나 교육의 본질이 흐려져서는 안 된다."라고 말했다. 그는 이어 "마이스터고는 우리나라 교육 체질을 변화시킬 수 있고 국가 직업 교육의 선도 모델이 될 수 있는 학교이므로 국가 차원에서 발전시키는 방안을 강구해야 한다."라고 말하면서 "마이스터고를 다른 일반고와 같은 제도권에 묶지 말고, 학교 경영에 더 많은 융통성을 부여해야 한다."라고 강조했다.

그는 또 "학교장에게 전공 교육을 담당할 교사 선발권을 부여하는 것은 마이스타고의 발전을 위해서 아주 중요한 혁신이 될 수 있을 것."이라며 "마이스터고의 발전은 우리나라 고교 직업 교육의 표상이므로 교육계의 끝임 없는 지원과 격려가 필요하다."라고 말했다.

주간교육 〈2015년 7월 6일〉

"항만물류의 명장 양성에 최선 다할 것"

백기언 한국항만물류고등학교장은 지난해 9월 교장으로 부임한 이후 학생들의 학업성취도 향상을 위해 다양한 노력을 경주해왔다. 해운 경영학을 전공하고, 물류 현장에서 종사해온 백기언 교장은 자신의 경험과 지식을 살려 자라나는 항만물류 인재들의 미래에 기여하겠다고 강조해왔고, 그 약속을 지켜가고 있다. 그는 학생들을 위해 전폭적인 지원을 아끼지 않겠다고 강조했다.

- 항만물류는 기업들도 직원들의 교육에 다소 어려움을 겪는 일이 있을 정도로 전문적인 분야다. 때문에 학생들의 학업 성취도를 높이는 것이 쉽지 않을 것 같다.

교육기관으로서 학생들의 학업 성취도는 대단히 중요한 과제다. 우리 학교는 우선 가르치는 선생님들의 물류 지식을 고양하기 위해 물류산업 현장 방문과 물류전문가 초청 강연, 항만 연수원 등 물류 관련 업체 연수를 의무적으로 이수하도록 하고 있다.

학생들을 위해서는 전문 교육 외에 이 분야의 전문가를 초빙해 강의를 담당하도록 하며, 방학 중에는 현장 실습은 물론 국내외 항만 방문 프로그램(견학)을 활용해 성취도를 향상시키고 있다. 견학 프로그램은 학기 중에도 진행하고 있으며, 기회가 있을 때마다 시행하고 있다.

물류센터 견학중인 학생들

- 마이스터고 학생들은 졸업 후 전원 취업에 나선다. 현재 취업 현황은?

우리 학교는 70% 이상이 CJ대한통운 등 취업 확정형 MOU를 체결한 물류기업으로 취업하고, 나머지는 항만공사나 한국전력 같은 공기업, 일반 기업의 물류 팀 등에서 일하고 있다. 특히 지역 중견 물류 기업에서 수요가 많아 취업을 권장하고 있다.

많은 학생들이 가까운 광양항에 위치한 물류 관련 기업 등 항만물류 분야에서 일하고 있으며, 일부는 육상이나 항공 물류 분야에 진출하고 있다. 졸업생들은 취업 경력을 인정받아 '재직자 전형' 등을 통해 우수한 대학으로 입학이 가능하다.

욱수동에 살며

- 최근에는 성적과 함께 학생들의 인성도 중시되고 있다.

실제 기업 관계자들의 의견을 종합해보면 고졸 취업 예정자에게 요구하는 중요한 덕목 중 하나가 인성이다. 우리 학교는 선생님들이 인성교육에 최선을 다하고 있다. 인성 교육은 단기적인 교육으로는 성과를 거두기 어려운데, 평소 학교생활은 물론 취업캠프, 각종 봉사활동을 통해 지도한다. 봉사활동의 경우 농촌 일손을 돕거나 고아원이나 양로원을 방문해 말벗이 되어드리도록 함으로써 올바른 인성을 함양하도록 하고 있다.

- 직접 특강에 나선다고 들었다.

선생님들이 교육을 위해 불철주야 애쓰고 있는 상황에서 보탬이 되고자 월 1회 특강을 하고 있다. 주로 학생들에게 기업관과 직업관, 경력 관리 등 교과 과정에서 채울 수 없는 내용을 다루고 있으며, 내가 공부하고 현장에서 느낀 경험을 들려주기도 한다.

학교장의 특강 모습

- 선생님들이 아침부터 저녁까지 학생 곁에서 지도하고 있는 것이 돋보인다.

사실 일반 학교와 달리 매일 장시간 학생들을 가르치는 것이 쉽지 않지만, 우리 선생님들은 사명 의식이 무척 강하다. 또 학생들이 배우고 싶다는 열정이 강한 것도 그 이유가 된다고 생각한다.

- 교과 과정과 현장학습 이외에 학생들을 위한 행사는 무엇이 있으며, 이를 통해 어떠한 효과를 거두고 있나?

학교에 부임하면서 만든 부서 중 하나가 창의체험 학습부다. 이 부서는 교육 목적의 문화체험 기회를 마련하고 있다. 영화와 연극, 음악회 등 정기적인 문화공연 관람과 중국 자매학교 학생과 교류, 지리산 극기체험, 리더십 함양 프로그램, 방과 후 교육 활성화 등을 담당한다. 이 모든 내용은 학교에서 지원하고 있다. 가을에는 인근 대학의 오케스트라를 초청해 학생들은 물론 지역주민 등과 함께 하는 작은 음악회를 개최할 예정이다.

방과 후 교육 활동

욱수동에 살며

- 향후 학교의 발전 계획이 궁금하다.

크게 교내 발전과 교외 발전으로 나눌 수 있다. 내적 발전으로는 교육 시설과 설비를 확충하고, 전문 교과서의 갱신을 2학기 중에 실시할 예정이다. 우리 학교는 항만 물류 교육을 위해 학교에서 집필한 전문 교과서를 사용하는데, 선생님들은 물론 주제별로 전문가를 초빙해 최신 자료와 경향 등을 담을 것이다.

외적으로는 외국계 기업에 학생을 취업시키고 우수 물류 기업체와의 산학협력 확대, 교과과정과 학교 조직의 개편을 통한 전문성과 효율성 강화를 추진하고 있다. 앞으로도 항만물류의 명장을 양성하여 학생들의 꿈을 실현시키는데 최선을 다할 것이다. 물류 전문가의 꿈을 가진 학생들은 주저하지 말고 우리 학교의 문을 두드리길 바란다.

물류신문 〈2014년 9월 14일〉

한국항만물류고,
中·日 국제 교류 활동 활발

영 마이스터 인재 양성의 요람, 한국항만물류고등학교(교장 백기언)의 '국제교류 체험활동'이 주목을 받고 있다. (사진)

국제교류 체험활동은 동북아 물류 시장의 중심 '중국'과 '일본'을 중심으로 학생 교류, 문화 탐방, 현장 실습 등의 이름 아래 활발하게 진행되고 있다. 국제교류 체험활동은 각 나라의 물류시스템과 실질적인 업무에 대해 파악할 수 있는 소중한 기회이기에 준비하는 교사·학생들의 참여 열기가 뜨거웠다.

지난 2012년 자매결연을 맺은 중국 항주시의 재경 직업학교 학생 상호 교류가 올해도 이어졌다.

지난 6월 중국에서 교사·학생 등 10여 명이 한국을 방문해 문화 공예 체험, 문화 탐방 등을 실시한 데 이어, 답방 형식으로 지난 달 10일 일정으로 한국항만물류고 교직원·학생 10여 명이 중국을 찾아 문화체험, 한중 학생·교사 교류, 물류 현장 체험활동을 진행했다.

옥수동에 살며

일본 소우세이고교와의 교류장면

　국제 교류는 일본에서도 계속됐다. 지난 9월 한국에서 교직원·
학생 등 17명이 일본 아마가사키 소우세이고교를 찾아 물류기업
및 항만시설 현장학습과 문화 체험 활동을 펼쳤다.

　체험에 참가한 학생들은 교류 활동을 통해 국내 물류기업 및
항만시설과 비교·분석해 볼 수 있는 기회를 가질 수 있었고, 물류
기업 전문가와의 만남을 통해서 미래 물류산업의 전망과 해외 물
류산업의 현황을 이해할 수 있는 계기가 되었다.

전남일보 〈2016년 11월 14일〉

항만물류고, 국토교통부
'물류기능인력양성사업 위탁기관' 지정

'2회 연속 지정' 물류기능인력양성 교육프로그램을 개발·운영

한국항만물류고등학교(교장 백기언)가 물류센터, 물류창고, 물류 장비를 효율적으로 운영할 수 있는 '물류기능인력양성사업 위탁기관'으로 지정돼 올해부터 2020년까지 1억 3,500만 원을 지원받는다.

이에 따라 물류 기능인력 양성에 필요한 교육프로그램을 개발·운영해 학생들의 물류산업에 대한 관심 제고를 통해 물류산업 분야에 대한 인식을 전환할 수 있도록 한국통합물류협회와 협약을 체결하여 다양한 활동을 실시할 수 있게 된다.

주우신 마이스터 부장에 따르면, 항만물류고는 지난 2014년부터 2016년에 걸쳐 이미 한차례 1억 3,500만 원을 지원받은 바 있으며, 이를 통해 △물류전문가 특강 △방학 중 현장체험학습 △워크숍 △물류장비 분야 위탁교육 등 학생들을 위한 맞춤형 교육을 펼치고 있다.

물류시스템과 물류장비기술 분야로 나누어 현장 전문가로 구성된 '물류전문가 특강'을 개최하여 국제물류주선 분야, 관세 및 검수 분야, 하역·창고 분야의 이해를 높이고 직업 탐색에 대한 기회를 제공할 계획이며, 방학 중 현장 체험학습으로 물류장비 실습, 물류 프로그램 운영 등을 통해 산업 현장의 직무 관련 요구를 파악하고 산업 현장의 기술 및 직무 능력을 배양해 현장 적응능력을 키우는데 주력할 방침이다.

또 워크숍을 개최해 물류산업에 대한 토론과 정보 교환, 특강을 통해 물류산업에 대한 이해의 폭을 넓히고, 직업의식을 함양하며, 광양 컨테이너항, 항만공사, 부산 신항 컨테이너 터미널 등 현장 견학을 통해 물류 분야에 대한 관심을 높이고 진로 탐색에 활용할 것이다.

이 밖에도 물류 장비 분야 위탁기관(항만연수원, 포스코)과 협약을 맺어 위탁교육을 통해 산업체와 학생의 요구에 부응하는 교육을 실시하고 산업체에 대한 적응력을 높여 안정적인 취업처를 확보하는데 주력하고 있다.

백기언 교장은 "산학협력부, 직업교육부, 마이스터부가 협력해 직업 기초 능력을 배양하고, 직무적성 및 면접 교육 등 취업 맞춤형 교육을 실시한다."라며 "물류 기능 인력 분야별 멘토 사업단을 통한 멘토링과 교사-학생 간 물류기능인력 멘토링을 통해 산업체에 대한 적응력을 높여 취업 변동률을 낮추고 안정적인 취업처를 확보하여 취업률을 향상시키고자 최선을 다하고 있다."라고 밝혔다.

일본 고배항에서 실습중인 학생들

또 "한국항만물류고등학교는 물류 기능인력 양성사업 위탁기관으로서 산업 현장의 창의와 혁신을 선도할 영 마이스터를 육성하고, 학생이 만족하는 교육, 기업이 요구하는 교육, 미래를 창조하는 교육을 지속적으로 실천해나가고자 한다."라고 덧붙였다

〈광양시민신문 2017년 3월 27일〉

욱수동에 살며

'여수·광양권 SC협의회'
한국항만물류高에 발전기금 기탁

'여수·광양권 해양해운산업 SC협의회'가 2017년 4월 11일 한국항만물류고등학교에서 협의회를 개최하고 발전기금을 기탁했다.

여수광양권 '해양해운산업 SC협의회

여수·광양권 해양협회, 여수도선사회, 한국선주협회광양지회, 박스회, 해우회, 그리고 광양컨테이너터미널 운영사 등이 참석한 이번 여수·광양권 해양해운산업 SC(Sector Council)협의회는 11일 오후 산학협의회를 개최하고 학교발전기금 1,150만 원을 한국항만물류고등학교에 전달했다.

백기언 한국항만물류고 교장은 인사말에서 "조선·해운 분야의 어려운 경제 상황 속에서도 여수·광양권 SC협의회는 장학금 기탁 및 현장실습 지원 등 후원을 아끼지 않고 있어 산학협력 활성화 및 취업 활성화에 큰 도움이 되고 있다."라고 밝혔다.

여수·광양권 해양해운 SC는 지난 2013년 3월 27일 마이스터고 연계·육성 협약서를 맺고 우수한 전문 인력을 우선적으로 공급하며, 산업교육 진흥에 발전적으로 기여할 수 있도록 장학금 지원, 전문가 특강 강사 지원, 신입사원 채용 등에 협약했으며 2013년 이후 매년 장학금 및 도서 등을 학교에 전달하고 있다.

한편 한국항만물류고등학교는 1953년에 설립돼 2009년에 정부로부터 항만물류 분야 특수목적고등학교인 마이스터고로 선정됐으며, 현재 물류장비기술과 및 물류시스템운영과를 설치해 영 마이스터를 배출하고 있다.

코리아 쉬핑 가제트 〈2017년 4월 11일〉

욱수동에 살며

한국항만물류고
학생 학부모와 함께 하는 음악회

교내 음악회 중 한 장면

　　전남 광양의 한국항만물류고등학교가 전남대 예술대
학 오케스트라를 초청하여 학생, 학부모, 지역 주민과 함께하는
10월 음악회를 개최한다고 합니다.

　　25일 한국항만물류고등학교에 따르면 오는 10월 1일 오후 7시
한국항만물류고등학교 진상관에서 학생과 학부모, 교직원, 지역주
민, 기업체 임직원 등을 초청하여 음악회를 열 계획이라고 합니다.

　　한국항만물류고는 부모의 품을 떠나 힘들고 외로운 기숙사 생
활을 하는 학생들에게 다양한 문화체험을 통하여 즐거운 학교생활

을 할 수 있도록 하고 올바른 인생관을 형성하는데 계기를 마련해 주고자 이번 음악회를 준비했다고 하는데요.

또 학부모들에게 학교에 대한 믿음을 주고 지역주민과 학교의 교류를 통하여 유기적인 협조 관계를 더욱 돈독하게 하려는 취지도 있다고 합니다.

이번 음악회에는 전남대 예술대학 황성규 지도교수를 비롯하여 바리톤 조규철, 소프라노 이승희 등이 나서 '스타코비치의 축전 서곡', '제의 투우사의 노래', '10월의 어느 멋진 날' 등을 선보인다고 합니다.

백기언 한국항만물류고등학교 교장은 "그동안 학교 가족들이 학교를 물심양면으로 응원하고 사랑해주셔서 전국적인 일류 명문 마이스터고로 우뚝 섰다며 이번 조촐한 음악회를 통해 가족들이 모두 참석하여 마음의 풍요함을 누리고 서로 대화를 나누는 친목의 장을 펼쳐 보길 바란다."라고 말했습니다.

출처 : 연합뉴스 〈2014년 9월 28일〉

욱수동에 살며

주례사

오늘 이 기쁜 자리에서 신랑 김○○ 군과 신부 서○○ 양의 결혼식에서 주례를 보게 되어 대단히 기쁘게 생각합니다. 그리고 이 결혼식을 축복하기 위해 기꺼이 발걸음을 하신 하객 여러분께도 감사의 말씀 전합니다.

날씨를 많이 걱정했습니다만, 이틀 전의 추위가 물러가고 맑게 개었습니다. 겨울입니다만, 화창한 이른 봄 같아 날씨마저 오늘 이 두 사람의 행복한 결혼식을 축하하는 것 같습니다.

항상 주례를 볼 때면 학교 강의와 달리 경직되고 신경이 많이 쓰입니다. 강의보다 훨씬 어려운 것이 주례하는 것이라고 생각합니다. 세상은 많이 변했지만, 사람이 살아가는 기본은 크게 변화하지 않은 것 같습니다. 그래서 개인적으로 신랑·신부를 위한 주례사로는 진부하게 들리지만, 어르신이나 선배들이 하셨던 말씀을 해주는 것이 좋다고 사료됩니다. 저도 그러겠습니다.

흔히들 한 인간이 태어나 인생의 1/3은 아들, 딸로 살고, 결혼 후 1/3을 남편과 아내로 살고, 그리고 나머지 1/3은 부모로 살아간다고 합니다.

오늘부터 새로운 인생의 2/3를 살아갈 시발점에 서 있는 신랑과 신부에게 결혼생활을 먼저 시작했던 사람으로서 제가 선배에게 들은 몇 가지 평범한 조언을 전할까 합니다.

첫째, 먼저 결혼생활에서 각자의 본분을 다하고 항상 상대를 먼저 배려하십시오. 결혼생활에는 분명히 남편과 아내가 해야 될 본분과 영역이 있습니다. 하느님은 인간의 DNA 속에 분명히 남성과 여성이 해야 할 일의 영역을 구분해 놓았습니다. 그러한 영역 안에서 각자가 해야 할 본분을 다하려고 노력하십시오. 그리고 결혼생활에서 "아내 먼저", "남편 먼저"를 솔선수범하시기 바랍니다. 이를 실천에 옮기면 부부간에 신뢰가 쌓이게 됩니다.

둘째, 부부간의 많은 대화가 결혼생활 최고의 문제 해결사란 것을 잊지 마십시오. 결혼생활에서는 뜻하지 않은 많은 난관에 부딪칠 수 있습니다. 형제자매 사이에서도 다른 습관이 길러지는데, 하물며 오랫동안 다른 환경에서 살아온 부부는 서로의 생활방식이 모든 면에서 다를 수 있습니다. 설사 오랜 연애 기간을 거쳤더라도 마찬가지입니다. 결혼생활 동안에 이같은 문제에 부딪치면 먼저 대화하십시오. 대화를 통해 해결되지 않는 난관은 없습니다.

셋째, 남편이 더 많이 아내를 도와주십시오. 세상이 바뀌어 대부분의 남편이 가사 일을 포함한 가정생활에서 아내를 많이 도와주고 있습니다. 도와준다는 말은 육체적인 면만 아니라 정신적인 도움도 포함합니다. 요즈음은 맞벌이 부부가 많습니다. 맞벌이 부부의 경우 남편이 더 신경을 쓰고 도와야 합니다. 일전에 "남편이 집안일을 많이 도와주는 가정이 더 행복한 결혼생활을 유지하고 있다."는 신문 기사를 본 적이 있습니다. 불가피하게 부부싸움을 하더라도 남자가 지는 것 역시 아내를 돕는 일입니다.

넷째, 부모님에게 효도하십시오. 이미 신랑과 신부는 오늘 결혼하는 것 자체로 부모님에게 효도하고 있다고 생각됩니다. 부모님에게 물리적, 물질적인 봉양을 하는 것만이 효도는 아닙니다. 진짜 효도는 두 사람이 오늘 결혼하여 부모님이 살아계실 때까지, 그리고 두 사람이 '검은 머리가 파 뿌리'가 될 때까지 행복하게 사는 것입니다.

다섯째, 태어날 자식의 교육을 잘 시켜 주시기 바랍니다. 사랑의 산물로 태어난 자식은 기쁨입니다. 잘 교육한다는 것은 돈을 많이 들여 좋은 옷 입히고 좋은 학교 보내라는 뜻이 아닙니다. 대한민국의 훌륭하고 정직한 시민으로 키우는 것을 말합니다. 이렇게 함으로써 국가와 사회도 행복해집니다.

여섯째, 결혼생활에서 부부가 이룰 목표를 설정하십시오. 이러한 목표를 세우면 결혼생활에 활력소가 됩니다. 예를 든다면 좋은 집 사기, 같은 취미 갖기, 사회 봉사활동 하기 등이 될 수도 있고, 나아가 뉴욕타임즈에서 선정한 죽기 전에 꼭 가보아야 할 명소 50곳에 가는 것도 목표가 될 수 있습니다. 실현 가능성이 있는 목표를 세우면 좋지만, 꼭 달성하지 못해도 괜찮습니다.

마지막입니다. 신랑 신부 두 사람 건강하십시오. 젊다고 건강한 것은 아닙니다. 건강해야만 두 사람이 이루고자 하는 것을 성취할 수 있고 행복한 결혼생활을 영위할 수 있습니다. 열심히 일하고, 그리고 건강을 위해서 투자하시길 바랍니다.

결혼생활의 행복은 누가 주는 것이 아닙니다. 또한 상대방에게 막연히 기대해서 성취되는 것도 아닙니다. 함께 행복을 만들고 서로 공유하는 것입니다. 결혼은 행복해야 합니다. 두 사람 항상 행복하시기 바랍니다.

이상으로 저의 주례사를 마치겠습니다. 다시 한번 신랑 김○○ 군과 신부 서○○ 양의 결혼을 진심으로 축하드리며, 바쁘심에도 불구하고 두 사람의 결혼을 축복하기 위하여 참석해주신 하객 여러분께 감사드립니다.

〈2010년 12월 5일〉

옥수동에 살며

제4부

학교장의 미셀러니(Miscellany) 모음

마이스터고 교장 / 물류누리 / 입학식, 졸업식
자매학교 교류 / 체육대회 / 특별활동

제4부에 대하여

제4부에서는 학교장으로 재임한 '한국항만물류고등학교'에서 입학식, 졸업식, 체육대회 및 해외 자매학교 교류 행사 등에서 학생들에게 행했던 훈화 및 연설문 등을 담았습니다. 여기에 실린 글들은 그나마 최근의 자료로 USB 파일이 남아 있어서 책에 옮길 수 있었습니다.

그리고 4부의 두 번째 파트 제목인 '물류누리'는 2015년도부터 '물류비전'으로 제호가 바뀌었습니다. 물류비전은 매거진으로 1년에 2번 발간되는 한국항만물류고 종합지입니다.

마이스터고는 일반 고교와 달리 정상적인 교육 활동 외에도 학생들이 현장 실습·견학, 해외 연수, 초청 특강 등 교육적 행사가 많이 열립니다. 그리고 산학협력의 일환으로 국내외 학교나 기업과의 교류가 잦습니다. 이런 교육환경 하에서는 '한 말씀'(?) 해야 하는 경우가 많습니다.

제4부에서는 이런 경우 행했던 말이나 글귀를 이 책에 옮겨 보았습니다. 그렇지만 모든 경우의 '한 말씀'을 다 옮는 것은 무리였기에, 대표적인 주요 이벤트에서 행한 '한 말씀'만 선별하여 수록하였습니다.

마이스터고 교장

교장 취임사

　　사랑하는 한국항만물류고 재학생 및 교직원 여러분 반갑습니다. 저는 2대 마이스터교 교장으로 취임한 백기언입니다.

　　본교는 1948년에 진상학원으로 설립인가를 득하고, 1953년에 광양동고등학교로 개교하여 발전을 거듭하다, 2009년에 항만물류 분야의 특수목적고인 마이스터교로 지정되었습니다. 본교는 역사와 전통을 자랑하는 지역 명문 고등학교로 훌륭한 인재를 많이 배출하였으며, 이제는 산업수요맞춤형 교육과정을 운영하는 학교로 국가 물류산업에 이바지하는 영 마이스터를 양성하고 있습니다.

　　이런 유서 깊은 학교에 제가 학교장으로 취임하게 되어 매우 행복한 마음을 금할 길이 없습니다. 그러나 어떻게 명문 마이스터 고로 발전시킬 것인가에 대한 무한한 책임감도 동시에 느끼고 있습니다.

옥수동에 살며

오늘 저는 학교장으로서 학교 경영에 대한 청사진을 제시하고 이를 달성하기 위하여 여러분의 협조를 당부하고자 합니다.

저는 교훈인 '선인간 후지식'의 깊은 뜻을 항상 마음속에 담고 학교를 경영하겠습니다. 이를 근저로 하여 저는 학교 경영의 포커스를 우수 학생 모집과 취업에 두겠습니다. 우수 학생 모집과 취업은 매우 상관관계가 높습니다. 다시 말해 좋은 학생을 선발하여 훌륭한 교육을 시켜 평생직장에 취업시키는 것이 매우 밀접하게 연결된다는 의미입니다. 이는 마이스터고의 설립 목적에 집중하는 것을 뜻합니다.

제가 강조하는 우수 학생 모집이란 여러분과 같은 우수한 학생을 지속적으로 입학시키는 일입니다. 우수 학생을 모집하기 위해서는 평소 학교의 평판이 좋아야 합니다. 평판은 학생, 교직원,

그리고 학교장이 혼연일체가 되어 각자의 영역에서 최선을 다할 때 좋아집니다.

취업이란 학교가 제공한 교육이 적절하였는지를 평가하는 척도입니다. 선생님들이 어떻게 학생을 교육했는지를 알려주는 결과물입니다. 앞으로 취업률을 더욱 높여야 합니다. 양질의 학생을 모집하는 일과 좋은 교육을 시켜 원하는 곳에 취업시키는 일은 한두 사람이 노력해서 되는 일이 아닙니다. 학교 구성원 전체가 다 함께 합심해서 이루어야 합니다.

학교는 우수한 학생 모집과 양질의 직장에 취업하는 것에 모든 역량을 집중할 예정이며, 이를 위해 열심히 노력한 부서와 교직원에게 많은 인센티브를 제공할 것입니다.

이제 이러한 계획을 달성하기 위하여 몇 가지 제안과 당부의 말씀을 드리고자 합니다. 먼저 학생 교육과 관련한 사항입니다. 저는 학생 여러분이 오직 학업에만 열중할 수 있는 환경을 조성하겠습니다. 이를 위해 다음 4가지 사항에 대하여 최선을 다할 것을 약속을 드립니다.

첫째, 한정된 예산을 한 치의 낭비 없이 학생 교육을 위해 사용하도록 하겠습니다. 이 예산은 여러분이 정규수업 혹은 방과 후 활동 시간에 배우고 싶은 분야의 선생님을 모셔오거나 수업에 사용될 각종 교육 기자재의 구입 등에 사용될 것입니다.

둘째, 필요시에는 더 많은 예산을 확보하도록 하겠습니다. 예

욱수동에 살며

산은 정부나 지방자치단체로부터 확보할 것입니다. 그리고 기업체나 유관단체로부터 장학금을 확보하여 모든 학생이 학업에만 전념할 수 있도록 하겠습니다.

셋째, 학교생활이나 학업에 필요한 하드웨어, 즉 실습을 위한 설비나 시설물을 이른 시일 내 보완하고 부족한 시설은 부산항만연수원 등을 활용하여 완벽한 교육이 이루어지도록 하겠습니다. 현재 전교생 중 85%를 수용하고 있는 기숙사의 경우, 내년 3월까지 증축하여 전교생이 기숙사에서 생활하도록 하겠습니다. 또한 임기 내에 종합복지관을 건립할 예정입니다. 학생과 선생님들의 복지를 위한 공간으로 사용될 것입니다.

넷째, 양질의 직장에 취업할 수 있도록 하기 위하여 임기 내에 50개 이상의 대기업 및 중견기업들과 산학협약을 체결하겠습니다. 이들 기업을 통하여 현장실습 및 100% 취업을 용이하게 하겠습니다.

그리고 다음 두 가지 사항은 학생들에게 당부를 하고자 합니다.

첫째, 열심히 공부하여 실력을 기르십시오. 전공 및 외국어 실력이 중요합니다. 실력이 있어야 취업할 수 있습니다. 실력이 없으면 취업을 하더라도 평생직장이 될 수 없습니다. 준비가 안 된 학생은 처음엔 공부가 어려울 수가 있습니다. 그러나 걱정하지 마십시오. 여러분 주위에는 훌륭한 학업 멘토인 선생님이 있으며 교장인 저도 있습니다. 우리는 여러분의 학업을 위해 최선을 다하겠습니다.

그리고 필요한 자격증을 3개 이상 취득하십시오. 여러분의 취업에 크게 도움이 될 것입니다. 이와 더불어 취미생활 및 체육활동도 열심히 하십시오. 정신적, 육체적인 건강도 공부 이상으로 매우 중요합니다.

둘째, 동료이자 친구인 학생 여러분, 친밀하고 끈끈한 교우관계를 유지하십시오. 일생에 있어 평생 친구는 고등학교 동기들입니다. 친구 간에는 반목이 없어야 합니다. 서로 도와주고 화합하고 사랑하세요. 그래야만 학교생활도 공부도 열심히 할 수가 있습니다.

다음은 교직원에 대한 당부 사항입니다.

첫째, 지금까지 해왔던 것처럼 학생 교육과 학교 발전에 대한 지속적인 관심과 노력 부탁드립니다. 혹시라도 학교에 대한 불신, 혹은 미덥지 못한 감정이 있다면 오늘부터 훌훌 털어버리고 새롭게 나아갑시다. 선생님의 노력과 열정은 학교의 발전, 학생의 학업성취도, 학생의 장래에 큰 영향을 미칩니다. 선생님의 노력 여하에 따라 학생들의 인생이 바뀔 수도 있기 때문입니다.

둘째, 저는 학교를 경영하는데 있어 가장 중요하게 생각하는 것이 교직원의 만족이라고 생각합니다. 교직원이 학교에 만족하지 않으면 학생 또한 학교에 만족할 수 없습니다. 저는 교직원이 만족할 수 있는 환경과 조직을 관리하는데 최선을 다하겠습니다.

셋째, 학교 교직원 여러분은 학생, 그리고 학부모들과의 소통에 적극 나서주시기 바랍니다. 학생과 학부모는 우리의 소중한 고객입니다. 특히 교직원 간의 긴밀한 소통과 화합은 학교 발전의 원동력이 됩니다. 이를 위하여 부단히 노력하여 주십시오.

넷째, 행정부서는 학교의 발전을 위한 지원부서로 학생과 교사들의 요구사항을 미리 파악하여 교육 활동을 하는 것에 불편함이 없도록 최선을 다하시길 바랍니다.

다섯째, 마지막으로 학교와 학생을 위하여 좀 더 적극적으로 학내 활동 및 연수 활동에 참여하시고 학교의 발전을 위한 좋은 아이디어가 있다면 언제든지 제시하여 주십시오. 교장실은 항상 열려 있습니다.

학교는 학생들이 훌륭한 민주시민으로 성장하는데 필요한 교육의 장을 제공하는데 그 존재의 가치가 있습니다. 저는 학생 여러분을 정직하고 성실하며 남을 위해 기꺼이 봉사할 수 있는 인재로, 그리고 항만물류 분야 최고의 영 마이스터로 성장할 수 있도록 최대의 노력을 경주하겠습니다.

이를 위해 저와 함께 새로 부임하신 훌륭한 이병오 교감 선생님과 손을 맞잡고 전력을 다할 것입니다. 학생, 그리고 교직원 여러분! 2013년 2학기부터 한국항만물류고의 새로운 장을 펼쳐나갑시다.

이상으로 저의 취임사를 마치겠습니다. 감사합니다.

마이스터고(Meister School)의 특징

　　마이스터고인 한국항만물류고등학교는 전남 광양에 소재하고 있는 공립고등학교이다. 2007년 진상종합고등학교에서 한국항만물류고등학교로 교명이 변경된 후, 2009년 제1차 마이스터고로 지정되었다. 다음 해인 2010년 3월 1일, 마이스터고 1기 100명의 신입생(물류장비기술과 3개 반 60명, 물류시스템운영과 2개 반 40명)이 입학한 이래, 2019년도에 마이스터고 7기, 통합 64회 졸업생을 배출하였다.

　　마이스터고는 '산업수요맞춤형고등학교'로 정의하고 있으며, 구체적으로 전문적인 직업교육의 발전을 위하여 산업계의 수요에 직접 연계된 '맞춤형 교육과정' 운영을 통해 학생의 직무 역량을 기르고 졸업 후 100% 취업과 기술명장(Meister) 양성을 목적으로 하는

옥수동에 살며

'특수목적고등학교'이다.

졸업 이후 우수기업 취업, 특기를 살린 군 복무, 직장 생활과 병행 가능한 대학 교육 기회 제공을 기본 원칙으로 하나, 모든 학생과 학교에 일반적으로 적용되는 것은 아니다.

주요 특징으로는 첫째, '산업수요맞춤형 교육과정 운영'으로 직무 분석에 기반한 교육과정 개발 및 운영, 교육과정 및 교과서 자율화, 기업 맞춤형 반 등을 통한 산업수요맞춤형 인재를 육성한다. 일반적으로 지역 교육청의 규제가 있지만, 일반고보다는 교육과정 편성이 자유롭다.

그리고 교과서도 국가 검인정교과서를 써도 되지만, 학교에서 자체적으로 교과서를 제작하여 사용하고 있다. 본교의 경우, 기업이 원하는 인재를 양성하기 위해 광양 포스코 협력 업체와 기업 맞춤형 반을 운영하였다.

둘째, '산학현장전문가 교원임용'제도를 통해 교장을 공모하고, 교원 정원의 1/3 범위 내에서 산학겸임교사를 임용할 수 있다. 본교의 경우 부산이나 광양의 물류 관련 기업의 재직자나 퇴직자 중에서 선별하여 현장의 기술을 교육하도록 하였다.

셋째, '전국단위 입학전형'으로 소질과 적성에 따라 원하는 분야의 마이스터고에 입학이 가능하다. 전국의 마이스터고는 10월 중순경 동시에 원서접수를 받게 된다. 선발 방법은 학교마다 다르고 매년 바뀌므로 입학 설명회와 학교 홈페이지를 참고하는 것을 추천한다. 한 곳만 원서를 넣을 수 있으며 과학 고등학교 등 다른 전기 고등학교는 물론 마이스터고끼리도 중복 지원할 수 없다. 본교도 정원의 30%가 전남이 아닌 타 시도 출신이다.

넷째, '학생지원'으로 수업료, 입학금, 학교운영지원비 면제, 우수 학생과 저소득층 학생에게 별도의 장학금 지급, 학생들의 교육 집중을 위해 쾌적한 기숙사 제공, 해외 직업전문학교 연수, 국가 및 지자체의 세계화 사업 등과 연계하여 학생들이 해외에 진출할 수 있도록 지원하는 등 다양한 학생 지원 혜택이 있다.

이 밖에도 많은 우수한 특징이 있다. 잘 조성된 면학 분위기 속에서 졸업인증제를 통해 실력 있는 영 마이스터를 배출할 수 있는 체제와 더불어 기업체에서 36개월 동안 재직했다면 고졸 재직자 특별전형으로 전국 70여 개의 우수한 대학에 응시할 수 있다.

그러나 하루 일과가 매우 타이트하고, 전교생이 기숙사 생활을 의무적으로 해야 하는 제도는 장점이자 단점으로 나타나기도 한다.

이명박 정권 때 출범한 마이스터고는 초기 졸업자가 나온 시점인 1, 2기 때는 정부로부터 상당히 파격적인 혜택을 받았다. 전액 학비 지원, 엄청난 교육 시설, 실습 설비 투자, 좋은 학교시설 등 여러 가지 혜택이 그것이었다.

특히 마이스터고 졸업생을 대상으로 한 취업 부분에서 그 혜택이 빛을 발했는데, 대기업은 물론 주요 공기업에 상당히 많은 수의 졸업자를 취업시키는 것에 성공했기 때문이다.

그러나 시간이 갈수록 마이스터고에 대한 지원 및 혜택이 줄어들었다. 초창기 마이스터고 졸업생은 학교 졸업장만으로도 취업이 가능했으나, 지금은 마이스터고 수가 늘어났을 뿐만 아니라 졸업장이 관여할 수 있는 여지가 상당히 크게 줄어든 상태다. 지원자도 초기에는 중학교 성적비율 5~20%대의 우수한 학생들이었으나, 갈수록 성적이 낮은 학생이 지원하고 있다.

다시 말해 지금의 경제 상황 아래서 졸업장보다는 자신의 실력이 취업에 관여하는 여지가 커졌다는 것이다. 그래서 이 변화를 따라가기 위해서는 마이스터고를 진학하는 목적이 졸업장 그 자체가 아니라 자신의 실력 향상이 주목적이 되어야 한다.

학교장의 경영철학,
목표 및 역할

'마이스터고'는 산업 수요 맞춤형 교육과정 운영을 통해 학생의 직무 역량을 기르고, 졸업 후 전원 취업과 마이스터 양성을 목적으로 하는 '특수목적고등학교'이다.

따라서 마이스터고를 정착시키고 발전시키는 것은 무조건적인 대학 진학을 추구하는 현재 한국의 교육 시스템을 획기적으로 개선하고 국가 발전의 초석을 굳건히 할 수 있는 산업기반을 마련하는 것이라 사료된다.

이에 학교장은 마이스터고를 설립 목적에 부합되게 경영해야 할 뿐만 아니라 학생들이 국가의 발전과 자신의 목표를 달성하기 위한 전문기술인으로 성장할 수 있도록 최적의 교육환경을 제공하여야 한다.

한편, 본교는 학교의 역량을 모든 산업의 중추이자 제3의 이윤 원인 물류산업을 이끌 영 마이스터를 양성하는 것에 초점을 맞추어야 하며, 학교와 교직원의 모든 에너지가 이를 달성하는 것에 집중되어야 할 것이다.

그리고 학생에게 마이스터로서 필요한 지식교육은 물론, 인성이 수반되는 전인교육을 제공하여 마이스터로서 주어진 책무를 성실히 수행할 수 있고, 또한 훌륭한 민주시민으로 행복한 미래를

옥수동에 살며

살아갈 수 있는 능력을 길러주는 것이 학교장의 학교 경영 철학이라 할 수 있다.

학교장의 학교경영 목표는 "물류산업 현장의 창의·혁신을 선도할 영 마이스터의 육성"을 목표로 정하였다. 이 목표를 달성하기 위하여 4가지 하위 교육신념을 두고 있다. 첫째로 미래를 창조하는 교육, 둘째로 학생이 만족하는 교육, 셋째로 기업이 요구하는 교육, 넷째로 나눔과 배려의 인성교육이 그것이다. 이를 바탕으로 한 본교의 교육 목표는 다음과 같이 요약할 수 있다.

1) 건전한 도덕적 가치관을 바탕으로 바른 인성을 갖춘 인재양성(올바른 도덕인)
2) 산업수요맞춤형 교육과정 운영으로 취업역량을 갖춘 창의적 인재양성(창의적 실력인)
3) 글로벌 시대의 문화적 다양성에 능동적으로 대처하는 인재양성(글로벌 문화인)
4) 영 마이스터로서 자질을 갖추고 국가 물류산업을 선도할 인재양성(물류 마이스터)

한 학교에서 학교장의 역할은 막중하다. 교무와 행정 부문을 통할(統轄)할 뿐 아니라 학생의 전인교육을 위하여 최적의 교육 시스템을 유지하여야 한다.

대외 협력관계에서 학부모, 동창회 및 지역사회와의 교류도 책임져야 하며, 또한 교육청, 기업과 학교 사이의 가교 역할도 담당하여야 한다. 그리고 학생들이 교육과 학습에만 전념할 수 있는 환경을 제공하는 것도 매우 중요한 역할 중 하나이다.

마이스터고에서 외부 기관 및 기업과의 산학협동은 필수 불가결한 요소이며, 그중에서도 본교의 설립 취지에 부합하는 항만물류 분야의 기업과 협력관계를 체결하고 교류하는 것은 학생들의 교육과 학교의 발전에 직결되므로 이를 위한 학교장의 역할에 최선을 다하여야 한다.

교직원과의 학교발전 토론회

공립고임을 감안, 전공과목 교사의 전공이 대부분 항만물류 분야가 아니므로 대학 수강이나 관련 기관 연수 등을 통해 물류 관련 지식을 폭넓게 쌓을 수 있는 기회를 제공하여야 하며 우수한 산업체 겸임 강사의 확보에도 주력하여야 한다.

욱수동에 살며

마이스터고는 특수목적고로서 '선취업 후진학'의 명제를 달성하기 위하여 훌륭한 교육을 제공하여 실력 있는 학생을 배출하여야 하고, 기업과의 실질적 협력관계를 돈독히 해 취업의 장을 제공해야 하므로 마이스터고 교장은 일반고와는 다른 또 하나의 특수한 역할이 있다.

물류누리

전국 유일의 물류분야 마이스터고!

물류산업 현장의 창의,
혁신을 선도할 영 마이스터 육성(1)

한국항만물류고 교장 백기언입니다. 제가 부임한 지 2번째로 '물류누리' 소식지를 통하여 우리 학교 가족에게 인사드립니다.

이 소식지를 접하는 본교의 재학생 및 졸업생, 학부모, 동창 회원, 취업 기업의 임직원, 지역주민 그리고 전국에 있는 본교의 예비 지원자 등 많은 구성원이 우리 학교의 가족입니다. 2014년 '말의 해'를 맞이하여 본교의 온 가족이 소원을 성취하고 행복이 넘치는 한 해가 되었으면 합니다.

우리 학교는 나날이 발전하고 있고 물류업계에서의 위상이 점차 높아지고 있습니다. 가족 여러분들은 학교에 대한 긍지와 자부심을 가지셔도 좋습니다. 올해는 적년보다 우수한 신입생이 입학했으며, 졸업생 취업률도 81%로 큰 폭으로 향상되었습니다. 지금까지 많은 기업으로부터 착실하고 인성교육이 제대로 된 학생을 고용하게 되어 감사하다는 말을 듣고 있습니다.

우리 학교는 신학기부터 교육과정 개편, 학사일정 조정 그리고 조직 개편 등 여러 가지 큰 변화를 진행 중입니다. 그 중심 틀을 학생의 문화 소양 증진, 특기와 적성에 따른 기술교육의 제공, 전인적인 직업교육의 활성화에 두고 있습니다. 특히, 취업부를 신설하여 이전의 마이스터부와 산학협력부의 과중한 업무를 경감하고, 취업 업무만 맡아 취업의 질을 향상시키는데 역점을 두었습니다.

취업이란 마이스터고에서 제일 역점을 두어 관리해야 할 과제입니다. 마이스터고의 평가 요소이기도 하지만, 무엇보다 학생의 진로에 큰 영향을 미치기 요소이기 때문입니다. 취업률도 중요하지만 학생이 물류 분야의 마이스터로 성장하는데 도움이 되는 취업이 되어야 하므로 본교는 취업의 질을 우선적으로 고려하고 있습니다.

우리나라는 아직 고졸 취업이 아직 정착되지 않은 단계에 있습니다. 그러나 물류 분야의 전문적 지식을 습득하고 다양한 현장실습을 경험한 인성이 풍부한 학생을 배출한다면 사회와 기업은 이러한 학생을 원할 수밖에 없다고 믿고 있습니다.

기업관계자 여러분, 고졸 인재가 필요하면 본교의 취업부를 노크하십시오. 여러분이 원하는 인재가 여기에 있습니다. 본교에서 열심히 공부한 학생을 통하여 기업의 목표를 달성하십시오. 그들은 기업이 원하는 마이스터가 되고 산업계의 리더가 되어 기업의 발전에 크게 기여할 것입니다. 기업관계자 여러분, 그들이 가진 꿈을 마음껏 펼칠 수 있는 취업의 장을 열어주실 것을 부탁드립니다.

참고로 인사말의 주제인 '물류산업 현장의 창의, 혁신을 선도할 영 마이스터 육성'은 취임 시에 내세운 학교장의 "경영 철학" 주제로, 이를 모토로 학교를 경영하고 있습니다.

올해부터 전교생이 기숙사 생활을 하고 있습니다. 방학으로 조용했던 기숙사가 우리 학생들의 웃음소리와 면학 열기로 차츰 뜨거워짐을 느낍니다. 한가로웠던 교정이 다시 학생들로 붐비고 있습니다. 교육자로서 새로운 사명감을 느끼며 교정을 바라봅니다.

감사합니다.

2014년 3월
한국항만물류고등학교장 백 기 언

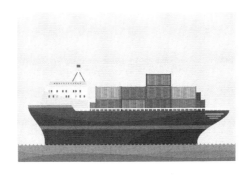

전국 유일의 물류분야 마이스터고!

물류산업 현장의 창의,
혁신을 선도할 영 마이스터 육성(2)

벌써 2014년도 2학기가 시작되었습니다. '물류누리' 소식지를 통하여 한국항만물류고등학교 학교 가족에게 인사드립니다. 올해 여름에는 유난히 비가 자주 내려 가뭄은 해갈되었으나, 안타깝게도 일부 지역에서는 큰 수해가 났습니다. 농민들이 많은 피해를 입지 않았으면 합니다.

그리고 지난 4월에는 세월호가 침몰하는 사고가 일어났습니다. 수많은 학생이 희생되는 결과를 초래했습니다. 이런 후진적인 사고는 우리나라에서 다시 일어나서는 안 되겠습니다. 저도 학교를 경영함에 있어 안전사고 예방에 더욱더 노력하겠습니다. 저를 비롯한 한국항만물류고 가족들은 이번 사고로 가슴에 큰 상처를 안으신 유가족에게 다시 한번 심심한 애도를 표합니다.

본교는 '물류시스템운영과'와 '물류장비기술과'로 전공이 구성되어 있고 이에 따른 교육과정이 운영되고 있습니다. 물류는 그 업무가 다양하고 범위도 광범위하며 국제적입니다. 본교 교육과정은 이 광범위한 물류 분야 중 항만물류 분야를 효율적으로 운영할 수 있도록 항만물류관리 부문과 엔지니어링 부문으로 특화되어 있습니다.

물류시스템운영과는 물류관리 부문을 담당하며 SCM의 구현을 목적으로, 물류장비기술과는 SCM의 구현을 지원할 물류 엔지니어링 부문으로 교육과정이 편성되어 있습니다. 그리고 교육과정은 각 전공별 정보활용능력 자격을 필수로 포함하여 3개 이상의 자격증을 취득하도록 구성되어 있습니다.

올해 초에는 졸업생 취업률이 작년 대비 10%나 상승하였고, 이미 2학년 재학생 11명이 CJ GLS 대한통운에 입사하는 쾌거를 이룬 바 있습니다. 이번 2학기가 시작됨과 동시에 낭보가 들려왔습니다.

제18회 국가 공인 물류관리사 자격시험에서 작년에는 5명이, 올해는 19명이 합격하였습니다. 이는 개교 후 최고의 합격률로 일반 물류 관련 대학에서도 이루지 못하는 성공을 거둔 것입니다. 올해부터 많은 기업으로부터 고용 문의를 받고 있으며, 본교 출신 취업자들이 기업 현장에 잘 적응하고 있다는 말을 듣고 있습니다.

본교에서는 학생들의 물류 분야의 학업 성취도를 향상시키기 위해 첫째, 선생님들의 물류 지식을 고양하기 위하여 물류산업 현장 방문, 물류전문가 초청 강연, 그리고 항만연수원 등 물류 관련 업체 연수를 의무적으로 받도록 하고 있습니다.

둘째, 물류산업 분야의 우수 강사를 초빙하여 학생의 강의를 담당하게 하고 있습니다.

셋째, 학생들의 방학 중 산업 현장 실습 및 국내외 항만 현장 방문 프로그램을 활용하여 학업성취 향상에 매진하고 있습니다.

산업체에 계시는 분들의 의견을 종합해보면 고졸 취업 예정자가 가장 필요로 하는 덕목은 인성입니다. 이를 위하여 창의적 체험활동에 인성교육의 비중을 높였고, 각 선생님들로 하여금 인성교육에 매번 최선을 다하라고 주문하고 있습니다.

학교장인 저도 주기적인 특강을 통하여 인성교육을 하고 있습니다. 인성교육은 단기적인 교육으로는 실현하기 어려운 과제이므로 학교생활, 취업캠프, 그리고 각종 봉사활동을 통하여 인성교육이 구현되도록 노력하고 있습니다.

기업 관계자 여러분, 고졸 인재가 필요하면 본교를 방문해 주십시오. 우리는 여러분의 정성 어린 질책과 충고를 필요로 합니다. 때로는 여러분의 칭찬도 필요합니다. 우리의 인재가 여러분의 기업을 통하여 꿈을 펼치고, 우리의 인재가 여러분의 기업을 더욱 경쟁력 있는 기업으로 변모시킬 수 있게 도와주시기 바랍니다.

'전국 유일의 물류 분야 마이스터고!' 한국항만물류고등학교의 발전은 계속됩니다.

감사합니다.

2014년 9월
한국항만물류고등학교장 백 기 언

옥수동에 살며

전국 유일의 물류분야 마이스터고!

물류산업 현장의 창의,
혁신을 선도할 영 마이스터 육성(3)

안녕하세요? 한국항만물류고 교장 백기언입니다.

2015년 을미년에 '물류비전'를 통하여 학교 가족에게 인사드립니다. 이 소식지를 접하는 본교의 재학생 및 학부모, 동창회원, 졸업생을 고용하는 기업의 임직원, 지역주민, 그리고 전국에 있는 본교의 예비 지원자 등 많은 구성원이 우리의 가족입니다. 올해도 우리의 모든 가족이 소원을 성취하고 행복이 넘치는 한 해가 되길 바랍니다.

작년과 마찬가지로 2015년에도 전국적으로 100여 명의 우수한 신입생이 본교에 입학하였습니다. 항상 새로운 가족이 생긴다는 것은 기쁘고 가슴 설레는 일입니다. 저를 포함한 모든 학교 구성원은 신입생들이 훌륭한 물류 마이스터로서 성장할 수 있도록 교육에 최선을 다할 것입니다.

최근 전 세계적인 정치, 경제적 위기는 우리나라에도 큰 영향을 미치고 있습니다. 직접적으로 유럽의 재정 위기에서 비롯된 경제 불황은 한국 물류산업의 저성장을 지속시키고 있습니다. 이런 가운데서도 본교의 각종 교육성과 지표는 지속적으로 향상되고 있음을 보여주고 있습니다.

특히 취업률은 해마다 꾸준히 상승하여 올해는 90%를 훨씬 상회하는 성과를 나타내고 있습니다. 취업처도 ㈜대진, ㈜은산, CJ 대한통운, 현대중공업, 한국수력원자력 등 다양해졌으며, 취업처도 전국적으로 확장되었습니다. 이 모든 성과가 학교 구성원들이 전력투구한 결과물이라 생각하며, 감사하게 생각하고 있습니다.

'선취업 후진학'을 표방하는 마이스터고로서는 졸업생의 취업률이 가장 중요한 요소입니다. 그러나 본교는 취업률 향상을 위한 교육 못지않게 물류 분야의 마이스터가 가져야 할 기본 소양 즉, 사회에 봉사하며 남을 배려하는 인성교육, 글로벌 문화의 다양성에 능동적으로 대처할 수 있는 인재를 양성하는 문화교육에도 큰 비중을 두고 있습니다.

학생 여러분에게도 당부드립니다. 여러분은 하루 24시간을 학교 및 기숙사에서 보냅니다. 학교의 노력도 중요하지만, 여러분 스스로가 학교생활에서 자신이 세운 학습 계획을 달성하려는 노력이 더 중요합니다. 자율학습 시간을 활용하여 외국어나 컴퓨터 활용 능력을 높이는 것은 기본입니다.

항상 학교의 안녕을 빌어주시고 자녀의 교육에 많은 조언과 충고를 해주시는 많은 학부모님, 그리고 학교의 발전을 위하여 물심양면으로 도와주신 동창회에도 물류비전을 통하여 감사 인사를 드립니다.

'물류산업 현장의 창의, 혁신을 선도할 영 마이스터 육성'을 위해 학교 구성원 모두가 열심히 노력할 것을 약속드립니다.

2015년 3월

한국항만물류고등학교장 백 기 언

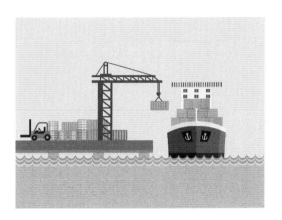

전국 유일의 물류분야 마이스터고!

물류산업 현장의 창의,
혁신을 선도할 영 마이스터 육성(4)

한국항만물류고 가족 여러분, 그동안 안녕하신지요. 학교장 인사드립니다. 2016년도 본교의 모든 가족이 소원 성취하고 행복이 넘치는 한 해가 되길 바랍니다.

올해도 마이스터고로 전환한 후 제4기 졸업생이 지난 2월에 졸업하였고, 작년에 3대 1의 경쟁률을 뚫고 합격한 자랑스러운 100명의 제7기 신입생이 3월에 입학하였습니다. 저를 포함한 본교의 모든 교직원과 선배 학생은 신입생 여러분의 입학을 진심으로 환영합니다.

신입생 여러분이 3년의 교육과정을 거쳐 물류 분야의 영 마이스터가 될 수 있도록 학교는 최선을 다하겠습니다. 2학년과 3학년은 선배로서 후배의 귀감이 될 수 있도록 더욱 학업에 매진하고, 특히 3학년들은 각자의 취업에 소홀함이 없도록 최선을 다해 주시기 바랍니다.

아직까지 미국의 금융 위기 및 유럽의 재정 위기로부터 완전히 회복되지 못한 상황이라 물류산업도 여전히 침체기에서 벗어나지 못하고 있습니다. 하지만 어려운 경제 여건에도 불구하고 물류산업 분야에서 본교의 위상은 점점 높아지고 있습니다.

2015년에 이어 본교의 취업률 92%로 전남 1위를 유지하고 있으며, 본교 졸업생의 고용기업도 본교 졸업생의 우수함에 대한 끊임없는 찬사를 보내고 있습니다.

경사스러운 일이 일어났습니다. 작년 10월에 거행된 '국토교통부' 주관 '2015 물류의 날' 시상식에서 고등학교로서는 처음으로 '국무총리 표창'을 수상하였습니다. 아마도 학교 내·외부적으로 수행한 많은 교육적 개혁과 나아진 성과지표를 우수하게 평가한 것 같습니다.

즉, 산학협동의 인턴쉽 활성화, 취업률 상승, 기업체 맞춤형 교육 확대, 전공 간 융합 교육, 학생 복지환경의 개선 그리고 중국, 일본과의 국제교류 확대 등이 평가의 주요 내용입니다.

이같은 학교의 발전은 학교 구성원의 노력과 협력 없이는 결코 이루어 질 수 없습니다. 또한 국토교통부의 우수인력양성자금 유

치, 전남 테크노파크, 여수·광양 해운협의체 발전기금 지원, POSCO의 인력 및 자금 유치, 그리고 협력 물류 기업 및 지자체의 지원도 학교의 발전에 큰 도움이 되고 있습니다.

이 자리를 빌려 학교 발전에 동참해 주신 공·사 여러 단체와 기관의 노고에 '물류비전'의 지면을 통하여 진심으로 감사드립니다.

이제 재학생 여러분에게 상기시킬 부탁이 있습니다. 여러분의 성공적인 학교생활을 위해서는 학교의 노력도 중요하지만, 학생 개인의 학습 노력이 더욱 중요함을 알려드립니다. 항상 자신이 세운 학업계획서의 목표를 달성하기 위하여 부단히 노력하십시오. 자신의 분명한 학업 목표를 정하여 노력한다면 그 성과는 배가될 것입니다. 전공 관련 자격증 취득은 물론, 어학 공부도 게을리하지 마시기 바랍니다.

저도 제가 세운 4가지 교육 목표를 달성하기 위하여 열심히 노력하고 있습니다. 이 목표는 아래와 같습니다.

1) 올바른 도덕인 : 건전한 도덕적 가치를 바탕으로 바른 인성을 갖춘 인재양성
2) 창의적 실력인 : 산업수요맞춤형 교육과정 운영으로 취업 역량을 갖춘 인재양성
3) 글로벌 문화인 : 글로벌 시대의 문화적 다양성에 능동적으로 대처하는 인재양성
4) 물류 마이스터 : 영 마이스터로서 자질을 갖추고 국가 물류

욱수동에 살며

산업을 선도할 인재양성

학생 여러분과 제가 각자의 목표를 위해 열심히 노력한다면 2016년도 성공적인 한 해가 될 것입니다.

한국항만물류고등학교 가족 여러분! 모두 건강하시고 행복하시기 바랍니다.

2016년도 3월

한국항만물류고등학교장 백 기 언

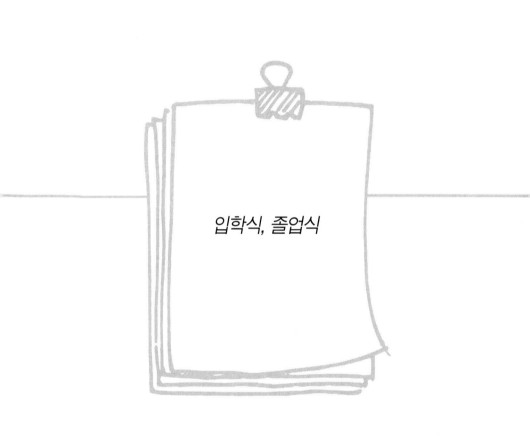

입학식, 졸업식

2014년 졸업식 축사

오늘은 2010년 한국항만물류고등학교가 마이스터고로 전환된 후 맞이하는 제2회 졸업식입니다. 제가 부임한 후 맞는 첫 졸업식이라 감회가 깊습니다.

먼저 학교장으로서 오늘 졸업하는 학생들에게 그동안의 노고를 치하하며 진심으로 졸업을 축하합니다. 그리고 이 졸업식을 축하하기 위해 이 자리에 참석하신 교직원, 학부모 및 내외 귀빈 여러분께도 감사의 말씀 전합니다.

졸업은 어떤 한 과정의 종료를 뜻합니다. 그러나 졸업은 '또 다른 새로운 과정의 시작'이란 의미를 포함하고 있습니다. 여러분은 3년의 노력 끝에 드디어 이력서에 '한국항만물류고등학교 졸업'이란 이력을 적을 수 있게 되었습니다. 그리고 오늘부터 취업이란 이름하에 기업에서 새로운 항해를 시작할 것입니다.

오늘 새로운 항해를 시작하는 졸업생 여러분에게 인생의 선배이자, 학교장으로서 일반적으로 인생의 지침이 될 수 있는 몇 가지를 제시하고자 합니다.

1. 졸업생 여러분, 스스로의 경력을 잘 관리하십시오. 어느 누구라도 인정할 수 있는 경력을 쌓기 위해 노력하여야 합니

다. 마이스터고를 졸업한 여러분은 물류 부문의 명장이 되어야 합니다. 산업체의 실질적인 경험과 학문적인 지식이 조화롭게 결합될 때 명장이 될 수 있습니다.

눈앞의 경제적인 이익에 따른 직장 선택이나 간판 위주의 대학진학은 명장이 되는 것에 도움이 되지 않습니다. 좋은 경력은 하루아침에 쌓이지 않습니다. 훌륭한 경력을 쌓다 보면 여러분의 인생도 성공적이 됩니다.

2. 일전에 KT 회장님이 강조하시던 말씀이 생각납니다. 그분이 하셨던 말씀을 졸업생 여러분에게 꼭 상기시켜드리고 싶습니다. 그분은 젊은이들에게 "아마 평생직장이 없어서 걱정되실 겁니다. 하지만 중요한 건 '평생직업'입니다.", "이런 직업을 찾으면 자연스레 안정이 따라옵니다. 사회가 나를 찾아오기 때문이죠."라고 말했습니다.

평생직장을 찾기 어렵다고 항만물류부문에서 평생직업을 갖는 걸 포기할 필요가 있을까요? 삼성이나 한국전력만 바라보지 마십시오. 졸업생 여러분, 평생직업을 가지려는 노력이 있어야 평생직장이 생깁니다.

여러분이 여러분의 직업을 사랑할 때 비로소 한 회사의 사장님도 될 수 있습니다. 판금 기술을 사랑한 삼보정공의 김주일 사장님, 도금의 명장 ㈜명진화학의 정을연 사장님 등이 평생 직업을 가진 분들입니다.

3. 모든 상황에서 성실히 최선을 다하라는 요청을 하고 싶습니다. "하늘은 스스로 돕는 자를 돕는다."라는 속담이 있습니다. 어떤 일을 이루기 위해서는 자신의 노력이 매우 절실하고 중요하다는 의미입니다.

　　여러분이 세운 인생의 목표를 달성하는 것은 매 순간 성실히, '최선'을 다할 때에만 가능할 것입니다. 요행은 바라지 마십시오. 설령 최선을 다했던 일이 성공하지 못했다고 실망하지 마십시오. 실패할 수도 있습니다. 그러나 그 최선이 여러분의 다음 목표에서는 반드시 성공으로 보답할 것입니다.

4. 그리고 다음 사항을 꼭 기억해주십시오.
  1) 항상 모교를 생각하고 3년 동안 선생님의 가르침을 기억하십시오. 어려울 때 많은 힘이 될 것입니다.
  2) 3년 동안 '백운학 기숙사'에서 동고동락했던 동기를 항상 기억하십시오. 인생에서 소중한 동반자이자 친구들입니다.
  3) 고등학교 재학 동안 지원해주신 부모님과 소중한 분들의 은혜를 항상 기억해 주시기 바랍니다. 여러분의 인생에 훌륭한 자산이 됩니다.

　　졸업생 여러분은 아직 인생 경험이 부족한 사회의 초년생이라 말할 수 있습니다. 환언하면 여러분의 앞날은 무한정 도전할 꿈의 무대가 펼쳐져 있고, 꿈을 실현할 무한한 가능성이 남아 있음을

뜻합니다. 오늘이 인생의 목표를 향해 큰 걸음을 내딛는 전환점이
되길 바랍니다. 그리고 멋진 사회인이 되길 바랍니다.

　이상으로 졸업식 축사를 마치겠습니다. 졸업생 여러분의 앞날에
행운이 깃들고 학부모님 가정에도 행복이 가득하기를 바랍니다.

　감사합니다.

옥수동에 살며

2015년 입학식 환영사

안녕하십니까? 한국항만물류고등학교장 백기언입니다.

지난 2월 12일에 우리 학교는 제3회 졸업식을 거행하여 100여명의 훌륭한 졸업생을 배출한 바 있습니다. 오늘은 한국항만물류고등학교가 마이스터교로 전환된 후 6번째 거행하는 입학식 날입니다.

항상 새로운 가족이 생긴다는 것은 기쁘고 가슴 설레는 일입니다. 저를 포함한 모든 학교 구성원은 입학하는 새내기 여러분을 진심으로 환영합니다.

그리고 오늘 이 자리를 축하하기 위해 참석하신 학부모님들, 내빈 여러분에게도 심심한 감사의 말씀을 전합니다.

학교를 대표하여 우리 한국항만물류고등학교를 선택하여 입학한 여러분에게 감사드리며, 또한 여러분의 현명한 결정에 경의를 표하고 싶습니다.

학교는 여러분의 올바른 결정이 더욱 빛을 발하도록 소정의 과정을 수료하고 졸업할 때까지 뛰어난 교육을 제공할 것입니다. 이를 위해 저와 모든 선생님이 혼신의 노력을 경주할 것을 약속드립니다.

이 자리에 참석하신 학부모님들도 "우리 자식이 이 학교에서 좋은 교육을 받을 수 있을까?" 하고 걱정하실 것입니다. 저는 학부모님들의 걱정을 잘 알고 있습니다. 그러나 걱정하실 필요가 없도록 학교는 최선을 다할 것이며, 여러분의 자녀가 훌륭히 성장하도록 교육시키겠습니다. 자녀들에게 학교생활만 열심히 하라고 격려해주십시오.

바야흐로 전문기술인인 마이스터가 존경을 받으며 사회를 이끌어가는 시기가 도래했습니다. 여러분이 바로 미래의 주역입니다. 한국항만물류고등학교에서 열심히 공부하여 여러분이 가진 꿈을 마음껏 펼치시기 바랍니다. 졸업 후에는 한국 사회가 필요로 하는 마이스터가 되시고 산업체의 리더가 되시기 바랍니다.

우리 학교는 짧은 기간에도 불구하고 큰 발전을 이룩하고 있으며, 물류 업계에서의 그 위상이 점차 달라지고 있습니다. 해마다

욱수동에 살며

우수한 학생이 입학하고 있으며 졸업생의 취업률은 90%를 상회하고 있습니다. 취업을 하고자 하는 모든 학생이 취업하고 있는 실정입니다. 취업의 질도 매우 우수합니다.

신입생 여러분도 이런 학교의 발전에 기꺼이 동참해 주시기 바랍니다. 동참이란 바로 열심히 공부하는 것입니다. 열심히 공부하지 않은 학생에게는 취업의 기회가 오지 않습니다. 컴퓨터 및 전공 관련 자격증은 기본적으로 취득해야 하며, 영어를 비롯한 어학 공부도 게을리하면 안 됩니다.

신입생 여러분, 학교생활에서 많은 어려움에 부딪칠 수 있습니다. 이럴 때에는 주저마시고 선생님을 찾아 상의해 주십시오. 선생님들은 최선을 다해 여러분을 도울 것 입니다. 그리고 여기에 있는 2, 3학년 선배 학생도 오늘 입학한 새내기들이 학교생활, 특히 기숙사에서 잘 적응할 수 있도록 도와주기 바랍니다.

다시 한 번 한국항만물류고등학교에 당당히 합격하여 이 자리에 선 신입생 여러분의 입학을 진심으로 축하합니다. 3년 동안 유익하고 즐거운 학창생활이 되길 바랍니다.

이만 줄이겠습니다. 감사합니다.

2017년 졸업식 축사

　　며칠 전 교장실에서 2017년 졸업앨범 한 부를 전달받았습니다. 벌써 한 기의 졸업생과 이별할 시간이 다가왔다는 사실과 함께 여러 감회가 가슴에 와 닿았습니다. "과연 우리 학교가 학생을 잘 교육시켜 졸업시킬까?", "저들이 사회에 나가서 잘 적응할까?", "졸업 후 대학을 가려고 하는 학생은 전부 좋은 대학에 합격해야 하는데…" 등의 여러 상념에 잠겼습니다.

　　오늘은 제62회, 2010년 본교가 마이스터고로 전환된 후 맞이하는 제5회 졸업식입니다. 제가 부임한 후 4번째 맞는 졸업식이기도 합니다. 먼저 졸업하는 우리 학생들에게 그동안의 노고를 치하하고 졸업을 진심으로 축하드리고 싶습니다.

　　그리고 졸업식을 축하하기 위해 이 자리에 참석하신 산업체 임직원, 내외 귀빈, 학부모님, 그리고 학교 운영위원님들에게도 감사의 말씀을 전하고 싶습니다. 그리고 특별히 학생의 교육을 담당하신 교직원 선생님들, 정말 수고 많이 하셨습니다.

　　졸업생 여러분, 여러분은 지난 3년 동안 "선취업, 후진학"의 명제 아래 열심히 공부하였습니다. 그리고 성공적으로 학업을 마치고 드디어 졸업장을 손에 쥐게 되었습니다. 이제 자부심과 긍지를 가지셔도 됩니다.

　　이제부터 여러분은 취업한 기업체에서 새로운 도전을 시작하

옥수동에 살며

게 되었습니다. 지금부터 여러분의 미래를 위한 의사결정은 여러분의 몫입니다. 다시 말해 여러분의 미래는 여러분이 개척해야 한다는 뜻입니다.

학교는 여러분을 이끌어주시는 선생님이 있고, 여러분을 보호해주는 학교라는 울타리가 있습니다. 그러나 사회는 여러분이 스스로 개척해야 하고 연출해야 하는 무대입니다. 얼마나 좋은 작품을 만드느냐는 여러분의 노력에 달려있습니다. 열심히 일하면서 사회를 공부하시기 바랍니다.

업무수행을 위해 더 많은 지식이 필요한 경우에는 대학에 진학하는 것도 좋은 방법입니다. 일하면서 공부할 수 있는 우수한 대학이 전국에 많이 있습니다.

졸업생 여러분, 평생직업을 가지려는 노력이 있어야 평생직장이 생깁니다. 여러분이 추구하는 물류 분야의 마이스터가 되는 것이 평생직업이 아닐까 생각합니다. 항상 여러분의 평생직업을 사랑하고 평생직업에 전력투구하십시오. 마이스터가 된 후 창업하여 여러분의 후배를 고용하는 회사의 사장님이 되는 꿈을 가지시기 바랍니다.

이미 우리는 '4차 산업혁명'의 시대에 살고 있습니다. 4차 산업혁명은 '소프트 파워를 통한 공장과 제품의 지능화'로 정의됩니다. 이를 대변하는 핵심 키워드는 빅데이터, AI 인공지능, 자율주행자동차, IOT, 3D 프린팅, 로봇기술 그리고 가상현실 등입니다. 전통적인 제조회사인 GE를 소프트웨어 회사라 부르며, 소프트웨어 회사인 애플과 구글이 자동차 제조 사업에 뛰어들었습니다.

클라우스 슈밥 세계경제포럼 회장은 "우리는 지금까지 우리가 살아왔고 일하고 있던 삶의 방식을 근본적으로 바꿀 기술 혁명의 직전에 와 있다. 이 변화의 규모와 범위, 복잡성 등은 이전에 인류가 경험했던 것과는 전혀 다를 것이다."라고 했습니다.

다보스 포럼에서는 제4차 산업혁명을 맞으며 기존의 기술들에 대한 개념을 다시 정립하고 기술을 활용할 인재를 확보하는 것이 경쟁력이 될 것이라고 했습니다.

졸업생 여러분, 여러분이 사회의 주역이 될 20~30년 후는 많은 부문의 일이 기계로 대체되고, 고용구조의 큰 변화가 발생할 것입니다. 여러분이 좋다고 생각하던 기업이나 직업이 한순간 큰 변화의 흐름에 휩싸여 사라질 수도 있습니다.

미리 이러한 변화에 대처하기 위하여 꾸준히 공부하십시오. 졸업이 공부의 끝이 아닙니다. 이미 평생 공부를 해야 하는 시대가 도래했습니다. 여러분도 실감하는 4차 산업혁명의 변화무쌍한 현시대에 제대로 적응하는 길은 부단히 공부하고 학습하는 길 외에는 없습니다. 학습은 공부할 수 있는 능력을 키우고, 이는 곧 지식 활용능력을 높여 여러분의 경쟁력을 강화시킬 것입니다.

졸업생 여러분, 지금 여러분에게 꿈을 가지고 노력하면 성공할 수 있다는 확신을 줄 두 사람을 소개하고자 합니다.

먼저 "2030년에 화성에 인구 8만 명이 거주하는 우주 식민지를 개발할 것이고, 화성에서 마지막 생을 마감하고 싶다."라고 말

욱수동에 살며

하였던 테슬라의 CEO, 엘런 머스크입니다. 수많은 실패를 딛고 인류의 미래를 성공적으로 이끌 사업에 성공하고 있습니다. 여러분도 큰 뜻을 세우고 성실히 임한다면 제2의 엘런 머스크가 될 수 있습니다.

그리고 우리 곁에 있는 불량 학생이자 우상인 '김수영'이 있습니다. 검정고시로 여수정보과학고를 졸업하고 좋은 대학에 입학했습니다. 1999년에 특성화고 학생으로 최초의 골든벨을 울린 학생입니다. 2005년 '꿈 목록' 73개를 작성하고 그 목표를 실현하고자 성실히 최선을 다한 결과 작가, 기업인, 콘텐츠 제작자, 여행가 등으로 활동하고 있습니다. 한때 로얄 더치쉘, 골드만삭스에서도 근무했으며, 페이스북에는 '꿈꾸는 유목민'이라 자신을 소개하고 있습니다.

졸업생 여러분, 오늘 여러분은 이 정든 학교를 떠납니다. 사회에 나가서도 항상 모교를 생각하고 3년 동안 이루어진 선생님의 가르침을 기억하십시오. 또 재학 동안 지원해주신 부모님의 은혜를 항상 가슴속에 지니길 바랍니다.

졸업생 여러분, 다시 한번 여러분의 졸업을 축하하며, 졸업생 여러분의 앞날에 행운이 깃들고 매일 매일 행복하길 기원합니다.

감사합니다.

자매학교 교류

방중단 환영식 답사

한국항만물류고등학교 백기언 교장 선생님 답사
(韩国港湾物流高中白基彦校长致答谢词)

안녕하십니까?

(大家好!)

　　1년 만에 다시 장빈직업학교를 방문하게 되어 매우 기쁩니다. 우선 정효기 교장 선생님 비롯한 전 교직원에게 한국에 있는 한국항만물류고를 대표하여 인사드립니다.

　　(继上次访问贵校以后, 时隔一年, 我再次见到了贵校的师生们感到非常高兴. 首先我代表韩国港湾物流高中的师生们向郑效其校长以及江滨职业学校的全体师生们表示真挚的问候).

한·중 학교 교류회

장빈직업학교에서 이번 주에 주요한 행사가 있어 매우 바쁘다고 알고 있습니다. 그러나 우리는 이미 정해진 스케줄대로 맞추다 보니 일정을 변경할 수가 없었습니다. 일정변경을 하지 못한 점 널리 이해해주십시오.

(听闻, 江滨职业学校本周将有非常重要的活动, 事务繁多. 但因我校日程安排的原因, 不得不于本周访问贵校, 如造成日期上的冲突, 请多多包涵).

오늘 정효기 교장 선생님을 다시 보니 작년과 마찬가지로 정열적으로 학교 경영에 매진하고 계신 것 같아 매우 보기 좋습니다. 그리고 건강하시고 행복해 보이십니다.

(今天再次见到了郑效其校长, 看起来还是跟去年一样, 身体健康, 精神饱满。事业上更一心致力于学校的发展, 并乐此不疲).

그리고 장빈직업학교에 들어서는 순간, 여전히 학교가 깨끗하고 학생들이 생기발랄하여 열심히 공부하는 분위기가 느껴져 매우 즐겁습니다.

(当我迈进贵校, 便看见了整洁干净的校园和生机勃勃的学生, 更感受到浓厚的学习氛围, 顿时感到高兴万分).

작년에 학교를 다른 곳으로 이전한다고 들었는데 잘 추진되고 있는지 궁금합니다. 모든 것이 순조롭게 잘 진행되기를 바랍니다.

(去年听说贵校要搬迁到新校址, 不知此事进展如何, 在此祝一切顺利开展).

올해 5월에 귀교의 선생님과 학생들이 저희 학교를 방문해 주셨습니다.

방문 기간 동안 불편함이 없었는지 모르겠습니다. 저희가 노력은 하였습니다만, 미숙한 점이 있었다면 양해 부탁드립니다.

(今年5月, 贵校的师生们莅临我校. 不知访问期间是否有任何不便之处, 倘若有还请多谅解).

그리고 선생님들이 저에게 제안한 사항이 있었습니다. 제안한 사항에 대해서는 저희가 충분히 검토하였고 이에 대한 답변은 이번 주 적당한 시간에 드릴 것입니다.

(还有上次贵校向本校提出了一个建议, 关于此事, 我校已充分研究讨论过, 定会在适当的时间内回复).

장빈직업학교와 한국항만물류고등학교와의 자매결연이 이제 3년이 되었습니다. 그동안 교사와 학생 간 상호방문이 매년 실시되었습니다. 이것만 하더라도 매우 큰 성과라 여겨집니다. 앞으로 조금씩 교육적인 행사나 교류를 늘려간다면 머지않은 장래에는 아주 모범적인 자매결연 사례가 될 것으로 확신합니다. 서로 노력해 나갑시다.

(江滨职业学校和韩国港湾物流高中之间缔结的友好合作关系已有三年的历史. 两校的师生们每年会进行相互间的访问和交流, 这一点无非是很有意义有价值的. 以后我们继续逐渐地加大这样的教育交流活动, 相信不久的将来, 两校之间的交流活动定将成为一个标杆, 所以让我们共同努力吧).

이번 방문에서도 귀교의 우수한 교육시스템과 학교 경영 노하우를 배우고 가겠습니다. 더불어 교장 선생님을 비롯한 전 교직원의 따뜻한 사랑도 함께 느끼고 갈 것입니다.

(访问期间，我们会认真学习并借鉴贵校的优秀教学系统和学校经营及管理技巧，并体会贵校全体师生们对我校的热情招待).

다시 한번 항만물류고의 방문에 따뜻한 환영을 해주셔서 감사드립니다. 장빈직업학교와 한국항만물류고등학교 간의 자매결연이 더욱 발전하기를 기대합니다. 감사합니다.

(最后，再次衷心感谢江滨职业学校的师生们热情款待. 希望两校间的友好合作关系能更好地发展下去，谢谢大家).

〈2014년 10월〉

방중단 환송식 답사

한국항만물류고등학교 백기언 교장 선생님 발언
韓国港湾物流高中白基彦校長发言

장빈직업학교와의 교류 장면

안녕하세요, 한국항만물류고등학교장 백기언입니다.

(大家好, 我是韩国港湾物流高中的校长, 白基彦).

벌써 우리의 일정이 거의 끝나가고 있습니다. 4일이 이렇게 짧다는 것을 처음 느꼈습니다.

(我们本次访问贵校的行程就要结束了, 没想到这4天竟会这么短暂).

정효기 교장 선생님 이하 전 교직원, 그리고 학생 여러분에게 감사의 말씀 전하고 싶습니다. 특히 체류 기간 동안 우리 학생들을 잘 보살펴 주신 홈스테이 가정에도 따뜻한 고마움을 전합니다.

(首先, 我想向郑效其校长及全体师生们致谢, 特别是向在本次交流期间悉心照顾我们学生的学生家庭, 谢谢你们).

이번 방문에는 작년보다 더욱 알찬 시간을 보낸 것 같습니다.

(我觉得今年的访问相较去年, 更加有意义, 每天都过得十分充实).

장빈직업학교는 수업에서 중국의 전통문화를 꼭 교육시킨다는 점이 부러웠고, 우리 학교도 교육과정 속에 반영시켜야겠다고 생각했습니다. 지난번 방문 시 항주 우정국 견학에 이어 올해는 뇌봉탑과 중남카툰을 방문하였는데 아주 좋은 회사이며 발전 가능성이 높다고 생각했습니다.

(我十分羡慕江滨职业学校的课程里有关于中国传统文化的课程, 就希望我们学校也可以有这样的课程安排. 去年访问时我们参观过杭州市邮政局, 今年更参观了雷锋塔和中南卡通, 感觉都是非常不错的有发展前途的公司).

그리고 전국 직업학교 금융전공 기능대회도 참석하였습니다. 유사한 행사가 한국에서도 개최되고 있습니다. 양국의 장단점을 비교할 수 있는 뜻깊은 시간을 가졌습니다.

(同时还观摩了全国中职金融专业技能大赛, 在韩国也有类似的大赛, 相信

욱수동에 살며

以后我们有机会可以在这样的比赛中一较高下).

내년도에는 올해 회담에서 논의된 내용을 바탕으로 더욱 우호적이고 긴밀한 교육의 교류가 지속되기를 바랍니다. 내년에는 바쁘신 일정을 조금 접어두시고 정효기 교장 선생님이 꼭 한국을 방문해 주시기를 바랍니다.

(在此, 希望明年可以根据本次会谈上讨论的内容, 两校间会更友好, 更密切地交流下去. 我真切的盼望明年郑效其校长来韩国访问我校).

저희는 단번에 모든 것을 이루려 하지 않습니다. 매년 조금씩 노력하고 개선하다 보면 가까운 장래에 좋은 결실을 거둘 수 있다고 믿고 있습니다.

(我不追求一蹴而就的成功, 只是希望每年这样努力, 改善的话, 相信不久的将来定会有好的结果).

다시 한번 교장 선생님을 비롯한 교직원, 학생, 그리고 학부모 여러분께 감사드립니다.

(最后, 我再次向江滨职业学校的全体师生们, 家长们表示感谢).

내년에는 한국에서 여러분의 얼굴을 뵙기를 희망합니다. 모두 건강하십시오. 감사합니다.

(在此, 期待着我们明年在韩国的见面, 祝你们身体健康, 一切顺利. 谢谢大家).

〈2014년 10월〉

방일단 환영식 답사

안녕하십니까? '항만직업능력개발단기대학(고베교)' 澤田石仁 교장 선생님, 鈴木太朗 학무과장님과 오사카 '항만 교육 훈련 센터'의 田島幹夫 분소장님 및 학교 관계자 여러분에게 인사드립니다. 저는 한국항만물류고등학교장 백기언입니다.

오늘 저희 일행의 방문을 환영해주신 귀교의 따뜻한 배려에 감사의 말씀을 드립니다. 아울러 이 방문을 주선해 주신 대한민국 '오사카 영사관', '고베 국제교류협회' 및 '오사카 관광국' 교육 여행 담당자에게도 감사드립니다.

대한민국 광양에 위치한 한국항만물류고등학교는 1948년에 공립 '진상종합고등학교'를 모태로 현재까지 청소년 교육에 헌신한 교육 기관입니다. 그리고 국가 교육 정책에 부응하여 2010년 '한국항만물류고등학교'로 개명하고 대한민국의 2대 항만인 광양항을 배경으로 교육과정을 항만물류 분야로 특화한 '마이스터고'로 전환하였습니다.

저는 한국항만물류고등학교의 교장으로서 물류 전문 영 마이스터를 양성하여 국가 물류산업의 발전에 이바지하고 있다는 자부심을 가지고 있습니다. 그래서 학교의 발전을 모색하던 중 고베 국제교류협회와 한국 영사관이 귀교를 추천해 주었습니다.

항만직업능력개발단기대학 방문

　한국에서도 귀교의 명성에 대하여 익히 들어왔고 일본에서도 항만물류 분야의 인재를 양성하는 우수한 교육기관으로 알고 있었습니다. 그래서 우리 학교의 교사와 학생들은 귀교의 방문을 열망하였고, 오늘 이렇게 귀교를 방문하게 된 것입니다. 많이 보고 배우고 가겠습니다. 그리고 가까운 나라인 일본의 문화도 많이 느껴보고 싶습니다.

　그리고 오늘 귀교에 하나의 요청이 있습니다. 저희는 오늘의 방문이 단지 일회성에 그치는 것이 아니라 자매결연을 통하여 매년 주기적으로 방문하고 싶습니다. 이런 저희의 요청을 수락하여 주시기를 기대합니다.

　이를 통하여 매년 일본어를 배운 우리 학생들이 일본의 발전된 항만물류 지식을 습득하고 실습하는 기회를 갖기를 희망합니다. 혹시라도 귀교에서 인적교류나 정보교류를 위해 저희 학교를 방문할 의향이 있다면 언제든 알려주십시오. 모든 절차를 마련하고 준비하겠습니다.

예로부터 한국과 일본은 지리적으로나 정서적으로 매우 가까운 나라입니다. 그래서 수많은 교류를 통하여 서로에 도움을 주면서 발전해 왔습니다. 오늘 두 학교 간의 교류가 한일 양국의 우호가 더욱 돈독해지는 초석이 되길 희망합니다.

끝으로 오늘 이 환영식을 마음 깊이 간직하겠습니다. 다시 한번 항만직업능력개발단기대학(고베교) 澤田石仁 교장 선생님 및 학교 관계자 여러분의 환대에 감사드리며 이만 답사를 마치겠습니다. 감사합니다.

〈2015년 9월 22일〉

욱수동에 살며

방한단 환영사

안녕하십니까? 저는 한국항만물류고등학교장 백기언입니다. 중국 재경 직업학교에서 오신 季为民(계위민) 당총서기님, 陈洁(진결) 국어 선생님, 熊家武(웅가무) 사회 선생님, 그리고 10명의 학생 여러분을 진심으로 환영합니다. 중국에서 오시는 동안 불편함은 없었는지요?

작년에는 본교 선생님과 학생들이 귀교에서 1달 동안 많은 교육적 체험을 한 바 있습니다. 이 기간 지원해주신 귀교의 정성어린 수고에 깊이 감사드립니다. '정효기' 교장 선생님이 이번에 저희 학교를 방문하시지 않았지만, 감사하다는 말씀 꼭 전해주시기 바랍니다.

한중 학생교류 활동

저는 2014년도에 장빈직업학교를 방문한 적이 있습니다. 그때 모든 선생님이 학생들을 열심히 교육시키는 모습을 보고 깊은 감명을 받았습니다.

그리고 작년에 장빈직업학교를 재경직업학교로 교명을 개명하고 새로운 교사로 이전하여 아주 훌륭한 직업교육을 제공하고 있다고 들었습니다. 이를 바탕으로 재경직업학교가 중국에서 직업교육을 이끄는 대표적인 명문 학교로 발전하기를 진심으로 기원합니다. 저도 귀교의 발전상을 지켜보고 싶습니다.

오늘 학생들을 인솔하고 오신 계위민 당총서기님과 두 분의 선생님, 그리고 학생들이 한국에서 머무르는 동안 불편함이 없이 방문 일정을 수행할 수 있도록 최선을 다하겠습니다. 혹시라도 미흡한 점이 있다면 말씀해 주십시오. 즉시 수정하여 나머지 일정에 차질이 없도록 하겠습니다.

짧은 기간이지만 학생의 교육이나 안전에 만전을 기할 것입니다. 부디 한국에서의 일정이 한국문화를 습득하는 알차고 유익한 기회가 되기를 바랍니다.

우리는 재경직업학교 학생들을 위하여 여러 교육 프로그램과 한국문화 체험을 위한 계획을 세워 놓았습니다. 이 모든 계획이 학생들에게 흥미를 유발하여 한국에 관심을 기울이는 계기가 되었으면 좋겠습니다.

한·중 양국은 수백 년 전부터 교류를 해왔습니다. 2013년에는 박근혜 대통령이 중국을 방문하여 시진핑 주석과 양국의 교류와

욱수동에 살며

발전방안에 대하여 의논하고 실질적인 성과를 거두었습니다. 그리고 작년에는 중국의 전승 기념식에도 참석하여 양국의 우호를 재확인하였습니다.

'천리 길도 한 걸음부터(千里之行, 始于足下)'란 속담이 있습니다. 미약하지만 해를 거듭할수록 재경직업학교와 한국항만물류고등학교가 점차 교류를 확대해 나간다면 양교의 발전에 도움이 되고, 나아가 한·중 간의 국가 우의가 더욱 견고해질 것이라 믿습니다. 서로 노력해 나갑시다.

다시 한번 한국항만물류고의 방문에 깊이 감사드립니다. 한국에서 체류하는 동안 편안하고 즐거운 시간이 되시기를 바랍니다. 감사합니다.

〈2016년 7월〉

방한단 환송사

　　재경직업학교 선생님과 학생 여러분, 벌써 예정된 시간이 지나 작별의 시간이 다가왔습니다. 그동안 한국항만물류고등학교에서 소정의 과정을 무사히 수료하신 것에 대하여 감사의 말씀 드립니다. 지금까지 한국 문화와 한국어 교육, 그리고 한국의 역사를 배우기 위해 국내 여러 지역을 탐방하였습니다. 한국에서의 이 모든 경험이 한국을 이해하는데 큰 도움이 되었으면 합니다.

　　중국에서 학생을 인솔하고 오신 季为民(계위민) 당총서기님, 陈洁(진결) 국어 선생님, 熊家武(웅가무) 사회 선생님, 한국에서 체류하는 동안에 불편함은 없었는지요. 그동안 한국에서 학생들과 함께 한국 문화체험에 깊은 관심을 보여주셔서 감사드립니다. 당 총서기님과 두 분의 선생님의 노력 덕분에 모든 과정을 효율적으로, 그리고 성공적으로 끝낼 수 있었다고 생각합니다.

　　계위민 당총서기님과 두 분 선생님, 그리고 중국 학생들의 한국 방문에 조금이라도 불편함이 없도록 최선을 다하였으나, 혹시라도 미진한 점이 있다면 너그러이 이해하여주십시오. 앞으로 더욱 발전하는 학교 간의 교류가 이루어지도록 더욱 노력하겠습니다.

　　이 자리를 빌려 그동안 수고하신 본교 서윤아 선생님, 왕효시 중국어 선생님, 한국어 수업을 담당하신 이채숙 선생님, 운전을 담당하신 고영창 주무관님, 김민서 학생을 포함한 10명의 도우미 학생, 그리고 이번 행사 관련으로 수고해주신 여러 선생님께도 감사의 말씀 전합니다. 이들의 수고에 보답하는 뜻으로 다 같이 박수를 쳐주시기 바랍니다.

재경 직업학교 학생 여러분, 중국에 돌아가더라도 이번 한국 방문을 마음 깊이 간직하시고 한국과의 우정을 잊지 말아 주십시오. 우리도 중국 학생 여러분을 잊지 않을 것입니다. 그리고 성인이 되고 난 뒤 다시 한번 본교를 방문해주시기 바랍니다.

귀교의 정효기 교장 선생님의 본교 방문을 희망하면서 재경직업학교의 모든 교직원 선생님에게 안부 전해주시길 부탁드립니다. 돌아가시는 그날까지 한국에서 즐거운 시간 되시길 바랍니다. 여러분을 잊지 않겠습니다. 안녕히 가십시오. 감사합니다.

〈2016년 8월〉

체육대회

제14회 총동창회 체육대회 환영사

안녕하십니까? 한국항만물류고등학교장 백기언입니다.

'개교 62주년 기념, 제14회 총동창회 체육대회'에 참여하신 진상중학교 그리고 한국항만물류고등학교 졸업생 여러분을 진심으로 환영합니다. 돌이켜보면 1948년 진상중학교로 개교, 그리고 1953년 광양동고등학교로 개교 후 현재에 이르기까지 본교를 물심양면으로 지원해주신 여러 졸업생 및 지역민 여러분에게 감사드립니다.

진상중, 한국항만물류고 졸업생 여러분, 본교는 개교 이래 유수의 인재를 배출한 전국적인 명문 학교로 국가와 지역의 발전에 큰 기여를 하고 있습니다. 2010년도 이후에는 광양항을 거점으로 하는 항만물류 분야의 특수목적고등학교로서 발전하고 있으며, 해마다 전국의 인재들이 본교에 입학의 문을 두드리고 있습니다.

저는 본교가 총동문들이 자랑스러워할 수 있는 최고의 마이스터고로 발전할 수 있도록 혼신의 노력을 기울이겠습니다. 미국에 이은 유럽의 재정 위기 등으로 글로벌 경제가 불투명하지만, 학교 발전을 위한 노력은 멈출 수가 없습니다.

졸업생 여러분, 과거에도 학교 발전을 위하여 최선의 협조를 아끼지 않았듯이 여러분의 후배들이 그들의 꿈과 희망을 펼칠 수 있도록 졸업생 여러분의 끊임없는 지도편달을 부탁드립니다. 학교 발전에 대한 고귀한 제안은 언제든 귀를 열고 경청하겠습니다. 여러분의 모교에 대한 지속적인 사랑과 관심은 본교의 발전과 후배들의 학교에 대한 자긍심으로 이어질 것입니다.

다시 한번 개교 62주년을 축하드리며, 오늘의 총동창회 행사가 선·후배 간에 끈끈한 정을 나누며 교정의 옛 추억을 회상하는 즐거운 축제의 한마당이 되기를 기원합니다. 서재연 총동창 회장님을 비롯한 관계자 여러분의 노고에도 경의를 보냅니다. 모든 졸업생 여러분의 가정에 행복이 깃들기를 기원합니다.

2013년 10월 30일
한국항만물류고등학교장 백 기 언

제17회 총동창회 체육대회 환영사

존경하는 진상중, 한국항만물류고등학교 졸업생 여러분! 한국항만물류고등학교장 백기언 인사드립니다.

진상중 개교 68주년, 항만물류고 개교 63주년 기념 제17회 총동창회 체육대회 '어울림 한마당 축제'에 참여하신 진상중학교, 한국항만물류고등학교 졸업생 및 지역민 여러분을 진심으로 환영합니다.

총동문 체육대회 현수막

오늘 체육대회에 참가하기 위해 먼 길을 마다않고 모교를 찾아주신 졸업생 여러분들을 위하여 학교는 여러 편의 시설을 제공하고 있습니다. 혹시라도 불편한 사항이 있다면 학교 측에 알려주시기 바랍니다. 즉각 조치하겠습니다.

본교는 서운 황호일 설립자님이 1948년 진상학원을 설립하셨고 1953년 광양동고등학교의 제1대 교장으로 황철주 님이 취임하셨습니다. 현재는 제가 18대 교장으로서 작년에 9월 1일에 발령을 받아 봉직 중에 있습니다.

진상중, 한국 항만물류고 졸업생 여러분,

본교는 개교 이래 유수한 인재를 배출한 전국적인 명문 학교로 국가와 지역의 발전에 큰 기여를 하고 있습니다. 이제는 광양항을 거점으로 하는 항만물류 분야의 산업수요맞춤형 특수목적고로서 발전하고 있으며, 해마다 전국 도처의 인재들이 본교에 지원하고 있습니다. 저는 본교가 동문들이 자랑스러워할 수 있는 명문 마이스터고로 발전할 수 있도록 최선을 다하겠습니다.

이미 학교 발전의 가시적인 성과가 곳곳에 나타나고 있습니다. 100개 이상의 기업과 산학협력 체결, 높은 취업률, 물류관리사를 포함한 높은 자격증 취득률, 학교 조직 개편으로 인한 효율성 증대, 교육과정 개편을 통한 융합교육 실시, 장학금 확충 및 정부지원 사업 수주 등 많은 교육적 성과들이 있습니다.

올 2월 졸업생의 취업률은 92%로 전남 1위를 달성하였으며, 전국 마이스터고 중에서도 상위권에 진입하였습니다.

진상중, 한국 항만물류고 졸업생 여러분.

오늘은 본교의 설립자인 서운 황호일 선생의 흉상 제막식이 진상벌 모교에서 성대하게 거행됩니다. 이분이 표방한 '선인간 후지식'의 건학 이념 아래 교육을 받으신 총동문이 주관하는 현창 사업이 동문 간의 유대 강화 및 학교 발전의 초석이 되는 계기가 되어야 하겠습니다.

그리고 이번 사업이 교정의 옛 추억을 회상하는 즐거운 축제의 한마당이 되기를 기원합니다. 서운 황호일 님이 건립하신 모교를 아껴주시고 후배들이 잘 교육받을 수 있도록 물심양면으로 지원해 주시면 감사하겠습니다. 학교 발전에 대한 고귀한 제안은 언제든 귀를 열고 경청하겠습니다.

화창한 가을날 이 자리에 참여하신 졸업생과 지역민 여러분의 가정에 행복이 깃들기를 바랍니다. 이번 체육대회를 준비하신 총동창회장님을 비롯한 동문 관계자 여러분의 노고에도 경의를 보냅니다.

멋지고 즐거운 체육대회가 되시기 바랍니다. 감사합니다.

2016년 10월 15일
한국항만물류고등학교 교장 백기언

춘계 체육대회 격려사

춘계체육대회의 날에 운동장에 운집한 학생과 교직원 여러분 반갑습니다. 오늘 날씨가 너무 화창합니다.

운동장에 모인 선수와 응원단을 보니 또 다른 학교의 모습을 보는 듯합니다. 그리고 행복해하는 여러분의 얼굴을 보니 저도 기쁩니다. 체육복 등 뒤에 적혀 있는 문구가 인상적이고 너무 재미있습니다. 매일 체육대회만 개최하면 학생들이 얼마나 좋아할까 하는 생각을 합니다.

"우유를 마시는 사람보다 우유를 배달하는 사람이 더 건강하다."란 영국 속담이 있습니다. 적당한 운동만이 건강을 지키는 지름길임을 알려주는 말이라고 생각이 됩니다.

청소년기는 체력과 건강의 기틀을 다지는 시기입니다. 이때는 신체 골격 및 근육 등이 성장하는 시기이기 때문에 체력을 증진시키는 것이 무엇보다 중요합니다. 이것이 오늘 본교에서 교내 체육대회를 개최하고 있는 이유이기도 합니다.

오늘은 예선전을 이미 끝낸 축구와 달리기 등 10여 개 종목이 운동장이나 체육관에서 경기가 펼쳐집니다.

체육대회에 앞선 준비운동

　체력은 국력이라고 했습니다. 전 세계 어느 나라건 체육활동을 중요시하고 있습니다. 우리나라도 생활체육, 사회체육, 평생체육의 이름 아래 여가 시간에 자발적 신체활동을 통하여 체력을 단련하고 생활에 활력을 가져 보다 밝고 풍요로운 생활을 영위하도록 국가나 각 조직이 노력하고 있습니다.

　체육활동은 단순히 신체 건강에만 좋을 뿐만 아니라 아이들 두뇌 발달에도 영향을 미친다는 연구 결과를 본 적이 있습니다.

　교실이나 기숙사에서 공부할 때 집중이 안 되거나 학습효율이 떨어질 때 운동장을 몇 바퀴 달린 후 공부하면 훨씬 효과가 높아집니다. 저도 경험한 바 있습니다. 오늘뿐만 아니라 평소에도 체육활동을 게을리하지 말기를 부탁드립니다.

　오늘 경기를 주관하시는 선생님들은 각 경기가 제한된 시간

안에 끝날 수 있게끔 노력해 주시고 페어플레이가 되도록 지도해 주십시오. 단 한 건의 사고 없이 무사히 체육대회가 마무리되길 바랍니다. 감사합니다.

〈2016년 5월 27일〉

욱수동에 살며

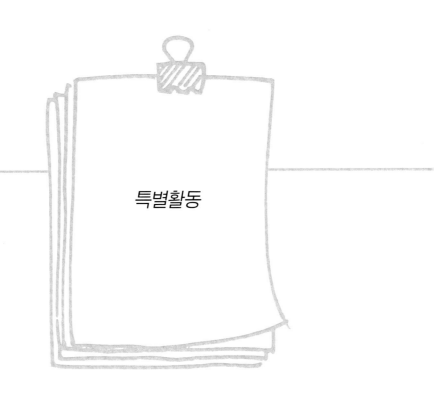

특별활동

음악회 초대장
'10월의 작은 음악회'에 학교가족 여러분을 초대합니다!

10월의 작은 음악회 광경

그동안 안녕하셨는지요.

한국항만물류고에서 개최하는 전남대학교 교향악단을 초청한 '10월의 작은 음악회'에 학교가족 여러분을 초대합니다. 본교의 재학생 및 교직원, 학부모, 동창회원, 졸업생을 고용한 기업의 임직원, 지역주민, 그리고 전국에 있는 본교의 예비 지원자 등 많은 구성원이 우리의 가족입니다.

그동안 가족 여러분이 응원하고 사랑해주셔서 본교는 전국적인 명문 마이스터고로 우뚝 섰습니다. 이는 전체 학생, 교직원이

욱수동에 살며

교육에 헌신적으로 매진한 결과이기도 합니다. 이제 잠시 본업에서 벗어나 정신적, 육체적 힐링의 시간을 갖고자 합니다.

다가오는 10월에 본교에서 개최하는 조촐한 음악회를 통하여 가족 여러분이 모두 참석하시어 마음의 풍요로움을 누리시고 서로 정겨운 대화를 나누는 시간을 가져보시기 바랍니다. 그리고 우리 학생들에게도 장래에 귀감이 될 따뜻한 격려의 말씀도 부탁드립니다.

학교장으로서 가족 여러분께 자주 인사를 여쭈어야 마땅하나, 바쁜 업무와 일상으로 인하여 그렇게 하지 못한 점 이해를 바랍니다. 이번 기회를 통하여 제가 여러분께 따뜻한 인사 말씀 드리려 합니다.

그리고 이번 풍성한 가을에 학교도 둘러보시고 선생님들도 만나보시는 즐거운 자리가 되길 바랍니다. 다시 한번 이번 음악회에 진심으로 학교 가족 여러분을 초대합니다. 감사합니다.

2014년 10월
한국항만물류고등학교장 백기언

진향제 축하사

한국항만물류고 재학생 여러분 안녕하세요?

어느덧 2016년이 저물어가는 12월입니다. 오늘은 한국항만물류고 교정에서 펼쳐지는 제16회 '진향제 한가족 축제'의 날입니다. 전교생을 포함하여 학교 구성원 모두가 참여하는 진향제에 축하의 메시지를 전달합니다.

그동안 바쁜 학교생활 가운데서도 오늘 열리는 축제를 위해 노력한 학생 여러분의 노고를 진심으로 치하합니다. 그리고 이 축제를 기획하고 좋은 아이디어를 제공해주신 학생 회장단 및 교직원

욱수동에 살며

여러분께도 감사드립니다.

　올해 축제는 작년과 달리 규모도 축소하고 좀 더 학술적인 분위기로 치를 것입니다. 앞으로도 작지만 마이스터고의 특성이 잘 나타날 수 있는 축제가 되도록 힘쓸 것입니다.

　학생 여러분! 여러분은 그동안 학교생활에서 최고의 성과를 내기 위해 무던히 노력하였고, 더 나은 성적을 위하여 밤낮으로 열심히 공부하였습니다. 이제 이런 과정을 통해 형성된 지·덕·체(智德體)를 발휘하여 진향제에서 학생 여러분의 지식을 마음껏 뽐내기를 바랍니다. 그리고 진향제에서 여러분의 꿈과 희망을 얘기하고 학교생활을 토로해 보시기 바랍니다.

　이번 축제를 위해 물심양면으로 후원하신 학부모님, 동문회, 지역사회 관계자분들께도 감사의 말씀 전합니다. 모두가 축제에 참여하시어 즐거운 시간을 가져주시기 바랍니다. 감사합니다.

〈2016년 12월 30일〉

나의 글, 계륵(鷄肋) 모음에서 나오며

책을 내겠다고 작업을 시작한 2019년 8월 초부터 컴퓨터 앞에 앉아 있었습니다. 이제 9월 말이 되었습니다. 8월은 주로 옛 자료나 사진 등을 찾는 것으로 시간을 보냈고, 글쓰기에는 많은 시간을 할애하지 않았습니다. "세월아 네월아" 하면서 느긋했습니다.

그러다가 9월부터 본격적으로 글쓰기를 시작하였습니다. 최소하루 5시간 이상은 투자한 것 같습니다. 그 와중에, 프롤로그에서도 언급하였습니다만, 실수로 컴퓨터에 저장해 두었던 상당한 분량의 작업본을 잃어버렸습니다. 큰일이었죠. 글쓰기를 9월 말까지 끝내야 하니까요. 문제는 쓴 글을 잃어버려 책 분량이 적은 것이었습니다.

제가 굳이 9월 말까지 글쓰기를 끝내려고 하는 데는 이유가 있습니다. 남는 게 시간인데 집에서 천천히 글 쓰도 되지만, 중간에 마음이 바뀌었습니다. 왜 바뀌었냐고요? 11월 초에 아들이 결

욱수동에 살며

혼을 합니다. 그래서 기왕이면 아들 결혼식에 참석하는 하객 여러분에게 선물(?)로 한 권씩 드리면 좋겠다는 생각이 들어 9월 말까지 글쓰기와 수정을 끝내고 10월에 책 디자인이나 출판 작업을 완료해야겠다는 결정을 한 것입니다.

결혼식에 오시는 친인척, 저나 아내, 그리고 아들의 친구나 지인분들에게 미리 감사의 말씀 드립니다. 일부러 자신의 소중한 시간을 할애하여 오시는데 어찌 고맙지 않겠습니까? 저의 졸작을 선물로 드리니 잘 받아 주셨으면 합니다. 아들은 에필로그를 쓸 때까지도 결혼식에서 책을 하객에게 나눠준다는 사실을 모르고 있습니다. 행복한 결혼식이 되길 빕니다.

마지막으로 책을 잘 쓸 수 있도록 여러 가지를 배려해준 아내에게 고맙다는 말 전합니다. 또 책을 출간해준 출판사 관계자분들에게도 감사드립니다.

그리고 저를 아시는 모든 분들에게 드리고 싶은 말입니다.

Be Happy, Today, Tomorrow and for the Rest of your Life!

저자 백기언